AF186795

Aileen O'Grian

Rowan - Verrat im Ostreich

Fantasyroman

Aileen O'Grian

Was wäre wenn? - Fantasy als Spiel mit den Möglichkeiten

Seit Jahren schreibe ich aus Spaß am Phantasieren Märchen, Fantasy und Science-Fiction und habe diverse Kurzgeschichten in Anthologien und Literaturzeitschriften veröffentlicht.

Den Magier Rowan mag ich so gern, dass ich mir vorgenommen habe, eine Romanreihe zu schreiben.

Leseproben von mir gibt es auf meinem Blog:

http://aileenogrian.overblog.com/

Rowan - Verrat im Ostreich

Fantasyroman von Aileen O'Grian

Bibliografische Information der Deutschen Nationalbibliothek:
Die Deutsche Nationalbibliothek verzeichnet diese Publikation in der
Deutschen Nationalbibliografie; detaillierte bibliografische Daten sind
im Internet über http://dnb.dnb.de abrufbar.

Impressum

Aileen O'Grian
c/o Papyrus Autoren-Club,
R.O.M. Logicware GmbH
Pettenkoferstr. 16-18
10247 Berlin

Herstellung und Verlag: BoD – Books on Demand, Norderstedt

ISBN 9783748174875

Rowan - Verrat im Ostreich

1.

„Kommst du mit zu dem Jagdausflug?", fragte Ottgar seinen Freund, den jungen Magier Rowan. Er schaute neugierig in den Kessel, der über dem Feuer hing.

Rowan warf ein Pulver hinein, zischend stieg heißer Dampf auf. Erschrocken sprang Ottgar einen Schritt zurück. Rowan schüttelte den Kopf. „Du solltest genug über die Heilkunst wissen, um vorsichtig zu sein und den Gefäßen nicht zu nahe zu kommen"

Ottgar, der Thronfolger des Magierreichs, lachte. „Wenn es gefährlich wäre, hättest du mich längst aus deiner Stube geworfen."

Rowan stöhnte. „Du störst mich. Ich brauche Ruhe, weil ich sorgfältig arbeiten muss. Bitte geh." Er wog getrocknetes Mondkraut ab, gab es in den Topf, dabei summte er ein Lied. Doch Ottgar ließ sich nicht wegschicken.

„Ich habe noch so viel zu tun. Meister Wudon erwartet, dass ich ein Heilmittel gegen die Klauenfäule finde", erklärte Rowan, nachdem er sämtliche Strophen gesungen hatte.

„Wieso? Die behandelt ihr schon, so lange ich denken kann." Ottgar war ehrlich überrascht. Er weilte als Knappe am Hofe des Königs des Ostreichs, während Rowan bei dem hiesigen Magiermeister Wudon lernte.

„Die Krankheit hat sich verändert. Unsere Mittel

helfen nicht mehr. Bis vor ein paar Jahren hat Wudon die Seuche auf die gleiche Art wie mein Großvater erfolgreich geheilt."

Eine Weile schaute Ottgar seinem Freund beim Hantieren zu, bald langweilte er sich, denn Rowan ließ sich auf kein Gespräch ein, sondern arbeitete, ohne ihn zu beachten, weiter. Als Ottgar die Schritte von Wudon hörte, stand er auf und verließ die Stube der Magier.

Rowan spürte, wie verärgert sein Kamerad war. Ottgar haderte immer wieder damit, nach ihrer abenteuerlichen Flucht vor den unheimlichen Nordmännern aus Llyllia nicht bei seinem Freund Mardok geblieben zu sein. Doch Mardok war, nachdem sie bei einer Regenhexe Unterschlupf gefunden hatten, ins undurchdringliche Bergland zwischen Llyllia und dem Ostreich geflohen. Inzwischen lebte er als Knappe bei Fürst Xandril, dem großen Heerführer, von dem alle voller Ehrfurcht sprachen. Damals hatte der Großmagier Bunduar, Rowans Großvater, ihnen durch den Elfenprinzen Sirii genaue Anweisungen gegeben. Mardok sollte Heerführung bei Xandril lernen, während Ottgar, von Rowan begleitet, ins Ostreich ziehen sollte, um die Beziehungen beider Länder zu vertiefen, vielleicht sogar neue Bündnisse zu schließen.

Bunduar vertraute sicher Rowans übersinnlichen Fähigkeiten, um Ottgar, König Wilhars Thronerben, zu schützen. Allerdings hockte Rowan in der Stube, studierte Bücher und lernte Rezepte auswendig, während Ottgar weiter zum Ritter ausgebildet wurde. Dabei wäre ihm Mardok, der Enkel des magianischen Waffenmeisters, ein besserer Gefährte gewesen.

Obwohl König Wilhar wünschte, dass auch Rowan eine Ausbildung zum Krieger erhielt, ließ sich der junge Magier immer seltener bei den Waffenübungen blicken. Er war viel zu beschäftigt, denn er versuchte, möglichst schnell voranzukommen.

Rowan beugte sich über die verschnörkelte Schrift und entzifferte sie mühsam. Die meisten Handschriften, die Wudon besaß, waren auf Ostianisch verfasst. Rowan beherrschte die Sprache, da seine Mutter Salawin sie ihm beigebracht hatte. Schließlich stammte die Großmutter aus dem Ostland. Ebenso wurde am Hofe von König Wilhar Ostianisch gesprochen, da die Königin eine Prinzessin aus dem Ostreich war.

Doch die alten Texte wiesen nur wenig Ähnlichkeit mit der am Königshof angewandten Sprache auf. Zudem hatte Rowan Probleme, die ungewohnten Buchstaben zu erkennen, so riet er mehr, als er es las.

Sein Bauch knurrte vernehmlich.

„Geh erst einmal essen", sagte Wudon. „Wenn du Hunger hast, denkst du nur ans Tafeln." Er grinste Rowan an. „Halte jedoch Maß, ein voller Magen denkt nicht gern."

Rowan nickte. Magier und Priester übten sich in Mäßigung. Er hatte noch keinen fülligen Vertreter von ihnen kennengelernt.

Im Rittersaal der Greifenburg ging es schon hoch her. König Kustin saß mit den engsten Vertrauten am Kopf der Tafel vor dem Kamin. Es folgten die Rangniederen. Freie Bänke gab es nur an der Tür.

Trotzdem schaute Rowan sich suchend um. Ottgar saß

zwischen Prinz Jatain, dem jüngsten Bruder, und Herzog Loruw, dem ältesten Neffen des Königs. Eine Auszeichnung für einen unerfahrenen Knappen. Allerdings war er nicht nur Thronerbe des Magierreichs, sondern dazu ein Neffe Kustins. Während Rowan nur entfernt verwandt war, da seine Großmutter eine Cousine der Königinwitwe war. Aber als Magier stand Rowan in diesem Königreich nur ein Platz am Rand der Tafel zu. Dabei waren die Magier mindestens genauso wichtig wie die Prinzen und Fürsten und mächtiger als die einfachen Ritter.

In der Nähe der Königin saß Murin, die Tochter von Herzog Burgwan von Burg Ranhoe, der Rowan vor Jahren Ostianisch-Unterricht erteilt hatte. Inzwischen war die Prinzessin mit Jatain verheiratet und von der Königin zur Hofdame ernannt worden. Rowan sah sie meist nur von Ferne, da er selten mit dem Hofadel sprach. Schließlich galt er an König Kustins Hof nur als einfacher Bürger, und es fiel ihm noch immer schwer hinzunehmen, als solcher respektlos behandelt zu werden.

Er musste sich an einen anderen Platz setzen, und an diesem Abend würde er sich nicht mehr mit dem Freund unterhalten können. Er bedauerte, dass ihn Ottgar zuvor zum falschen Zeitpunkt besucht hatte. Auch wenn er manches von Meister Wudon lernte, fehlten ihm Kameraden, da Meister Wudon keine weiteren Schüler hatte. Selbst mit dem Wissen, das der Magiermeister ihm vermittelte, war er unzufrieden. Seine vorherigen Lehrer hatten ihn geistig wesentlich stärker gefordert.

Rowan nahm sich Brot, Gemüse und einen Becher

Wasser.

„So klösterlich?", meinte Rudin, der Heiler, der neben ihm saß.

„Ich muss nachher weiterarbeiten, da brauche ich einen klaren Kopf und darf nicht müde sein", erwiderte Rowan, nur mühsam unterdrückte er seine Gereiztheit. Musste sogar der Heiler sticheln?

„Hast du Hoffnung, die Arznei zu finden?" Der Mann klang spöttisch.

„Ihr habt es bestimmt ebenfalls probiert. Mich wundert, dass die bekannten Mittel nicht mehr wirken." Unverwandt bemühte Rowan sich, höflich zu bleiben.

Rudin nickte. „Wudon und ich haben alles ausprobiert. Wir haben unsere Freunde in den anderen Reichen um Hilfe gebeten, doch sämtliche Rezepte waren nutzlos."

Rowan stimmte ihm nachdenklich zu. „Der Meister hat die Versuche aufgeschrieben. Jetzt suchen wir in den alten Folianten nach Mitteln, die in Vergessenheit geraten sind." In Gedanken verloren kaute Rowan auf einer Brotkante herum, schließlich riss er sich zusammen und fügte, an Rudin gewandt, hinzu: „Viele Schweinezüchter an der Westgrenze des Reichs haben schon ihre Tiere durch die Seuche verloren. Wenn es so weitergeht, gibt es in zwei Jahren im gesamten Ostreich weder Schweine noch Schafe und Ziegen."

Als Rowan gesättigt war, plauderte Ottgar noch immer mit seinen Kameraden. Ein Spielmann unterhielt die Königin und ihre Hofdamen mit Liedern. Rowan bedauerte, nicht weiter zuhören zu können, aber das Heilmittel war wichtig, denn wenn die Schafe und Ziegen starben, würde im nächsten Jahr eine Hungersnot drohen. Deshalb eilte er zurück und spürte weiter in den Unterlagen nach Hinweisen. Wudon hatte die Stube wieder verlassen. Der Kessel war vom Feuer gehoben worden. Vielleicht probierte er das Mittel schon aus.

Rowan blätterte und las. Langsam gewöhnte er sich an die Schrift und auch die Sprache war ihm nicht mehr so fremd. Plötzlich hörte er draußen Stimmen.

„Ich möchte, dass Rowan mich auf den Jagdausflug begleitet." Diese Stimme kam ihm bekannt vor. Das war der König, der vor dem Fenster mit jemanden sprach.

„Bunduar möchte, dass Rowan möglichst viel Wissen in kürzester Zeit erwirbt", erwiderte Wudon. Rowan staunte über den Mut des Magiermeisters. Normalerweise widersprach er niemandem, nicht einmal unbedeutenden Rittern.

„Bestimmt nicht, indem er alte Arzneien sucht. Er muss ebenso die Heiligtümer kennenlernen. Wir wollen in Burg Eichenfels Rast machen. Von da kann er zum Kloster Eichenborn reiten und dort sein Wissen erweitern. Außerdem lernt er den ostianischen Teil seiner Familie kennen. Alle Zweige der Königsfamilie treffen sich dort wie üblich zur großen Jagd."

„Die Suche nach einem Heilmittel ist eine gute Gelegenheit, die überlieferten Schriften zu studieren und die traditionelle ostianische Magiersprache zu lernen", verteidigte sich Wudon.

„Ich weiß. Zieht ihr in diesem Frühjahr wieder ins Kloster?", erkundigte sich der König.

„Ja, Bruder Zietwa ist ein großer Heiler und Bruder Micho ist ein Freund der Naturgeister. Rowan kann viel von ihnen aufnehmen."

Rowan hatte schon von Wudons alljährlichem Klosteraufenthalt und den Mönchen gehört. Er war gespannt, sie kennenzulernen, da sie als hervorragende Kräuterkundige galten.

„Umso wichtiger ist es, dass er zum Familientreffen mitkommt. König Wilhar wünscht, dass er die Ausbildung zum Ritter mitmacht." Der König schien keine weiteren Widerworte dulden zu wollen.

„Die Zeit wird ihm nicht bleiben. Dunkle Mächte bedrohen seine Heimat. Wenn er Bunduar eine Hilfe sein soll, muss er schneller lernen, als es üblich ist."

„Ist es so besorgniserregend?" Kustin klang nicht überzeugt.

„Ich befürchte, es steht schlimmer, als wir uns ausmalen können. Bunduar hat es angedeutet. Er möchte, dass Rowan hier und im Sumpfland lernt, egal, was im Magierreich geschieht."

Ein Schauer lief über Rowans Rücken. Was ahnte oder wusste Bunduar? Er wollte Ottgar, Mardok und Rowan in Sicherheit wissen, auch damit sie später das Magierreich führen konnten. Befürchtete er, dass alle einflussreichen Leute im Magierreich eines gewaltsamen Todes starben? Konnten die befreundeten Nachbarländer nicht helfen?

Deshalb konnte Rowan sich über Wudons Mitteilung nicht mehr freuen, als dieser ihn kurz darauf ansprach: „Der König wünscht, dass du am Jagdausflug teilnimmst. Du sollst deine ostianische Familie kennenlernen."

Dabei war es eine besondere Auszeichnung, zur höfischen Jagdgesellschaft zu gehören. Während er mitritt, würde Wudon weiterhin die Bauern besuchen und verschiedene Heilmittel ausprobieren in der Hoffnung, die Tiere zu retten. Erst später würde er auf dem Weg zum Kloster Eichborn in der Burg Eichenfels Halt machen.

In der Nacht lag er wach, aber nicht vor Aufregung, sondern vor Angst. Würde er seine Mutter und seinen Großvater je wiedersehen? Er konnte den Gedanken nicht ertragen, dass ihnen etwas passierte. Am liebsten wäre er sofort nach Hause geritten, um die Seinen zu unterstützen. Aber bestimmt würden Wudon und das Gefolge des Königs es verhindern. Außerdem hatte er die Aufgabe, Ottgar zu beschützen. In dem letzten Brief hatte Bunduar ihn eindringlich ermahnt, auf den Thronfolger Acht zu geben und fleißig zu lernen.

„Du bist alt und vernünftig genug, Verantwortung zu übernehmen. Da ich selbst auf Wanroe weile, kann ich nicht auf Ottgar aufpassen. Doch in Königs Kustins Obhut seid ihr sicher. Eigne dir bei Meister Wudon, so viel du kannst an, du wirst es bald gebrauchen können. Wudon ist ein redlicher Mann. Er kann dir allerhand über Kräuterkunde beibringen. Setze deine Ausbildung später bei Zwandir im Sumpfland fort. Er war bereits mein Lehrmeister und kann dich mancherlei lehren, was ich nicht so gut beherrsche. Außerdem ist eine enge Zusammenarbeit mit dem Sumpfland für das Magierreich sehr wichtig. Das Sumpfland ist der Rückzugsort unserer Priester, Geister und Elfen. Auch ihr seid bei Gefahr dort geschützt, wenn ihr euch mit den Herrschern gut versteht."

Der Brief schloss mit den Worten: *„Schreite auf deinem Weg unbeirrt voran und sei gesegnet. Deine Mutter und ich lieben dich."*

Rowan hatte sich über diese Zeilen geärgert. Er hatte es als Aufforderung verstanden, keine Zeit mit Reiten und Waffenkampf zu verschwenden, sondern sich ausschließlich der Magierkunst hinzuwenden. Er wollte aber nicht ständig gegängelt werden, schließlich war er mit seinen sechszehn Wintern fast erwachsen. Warum sollte er nicht ein paar Stunden mit seinen Freunden üben? Wilhar war gleichwohl der Meinung, dass ein Magier kämpfen können sollte. Wie sonst sollte Rowan den König einst beraten, wenn er die Kampfkunst nicht mit Vollkommenheit beherrschte?

Jetzt allerdings spürte er die Bedrohung, die über ihnen allen schwebte. Großvater fürchtete, dass Rowan schneller, als es gut für ihn war, in die Rolle eines wichtigen Magiers schlüpfen musste. Ob Mardok von seinem Großvater, dem Waffenmeister Peruan, genauso ermahnt wurde? Rowan wusste es nicht. Mardok war zu weit weg. Eigentlich sollte der Freund im nächsten Jahr ins Ostland kommen und auf Ottgar Acht geben, damit Rowan ins Sumpfland wechseln konnte. Bloß davon hatte Bunduar nichts mehr geschrieben. Anscheinend befürchtete er, dass die Frist, die ihnen noch blieb, dafür nicht ausreichte.

Als er schon lange im Bett lag, klopfte es leise an der Tür. Rowan erhob sich und öffnete sie.

„Kannst du nach meinem Hengst schauen? Er lahmt und die Pferdeknechte finden die Ursache nicht", bat Ottgar.

Rowan fuhr sich durch die Haare. Er war müde. Trotzdem zog er seinen Umhang über und folgte seinem Freund zum Stall. Dort ließ er Ottgar das Pferd im

Schein einer Öllampe herumführen. Natürlich sah er kaum etwas.

„Jetzt scheint es in Ordnung. Doch auf dem Rückweg gestern und heute lahmte er", erklärte Ottgar.

Rowans tastete das Bein ab. Als er nichts fand, strich er den Rücken entlang. Obwohl das Pferd ruhig stand, fühlte er dessen Unbehagen, als er bei verhärteten Muskeln anlangte, deshalb untersuchte er gründlich die Hufe.

„Das Hufeisen an der rechten Hinterhand ist nicht richtig angepasst. Da muss der Schmied ihm ein neues machen." Anschließend schaute er sich den Sattel an, ließ ihn auflegen und prüfte den Sitz. „Der Sattel drückt. Du benötigst einen kleineren, leichteren."

„Das geht nicht. In der Rüstung brauche ich einen festen Halt."

„Dann ist das Pferd als Turnierpferd nicht geeignet. Wenn du es weiter mit dem schweren Sattel reitest, wird es bald als Reitpferd untauglich sein."

So einfach war Ottgar nicht zu überzeugen. „Und was soll ich mit ihm machen?", trotzte er.

„Reite es als Jagdpferd und nimm es für die Zucht. Es ist ein sehr gutes Tier. Es ist schnell und nervenstark. Es wäre schade, es zu ruinieren." Rowan drehte sich um und ging. Er war müde und hatte keine Lust, sich mit dem Freund zu streiten.

Ottgar band das Pferd an und rannte hinter ihm her. „Das ist keine Lösung, kannst du keine Abhilfe schaffen?"

Rowan schüttelte erschöpft den Kopf. „So kannst du es jedenfalls morgen nicht reiten. Falls du länger auf

Burg Eichenfels bleibst, lass es hinterherbringen. Vielleicht gibt es dort einen besseren Schmied. Und nimm deinen alten Sattel mit, damit seid ihr schließlich zurechtgekommen."

Ohne sich weiter um Ottgar zu kümmern, lief er zurück, um zu schlafen. Doch sobald er lag, stürmten die Sorgen um die Zukunft auf ihn ein und hielten ihn wach.

2.

Am nächsten Morgen herrschte dichter Nebel. Trotzdem versammelte sich die Jagdgesellschaft schon vor Sonnenaufgang auf dem Burghof. Die Knappen führten die Pferde ihrer Ritter und ihre eigenen aus dem Stall. Rowan sattelte Scharus, den alten Wallach Peruans. Vor Jahren hatte der greise Waffenmeister ihm das kluge Sumpfpferd anvertraut, da es als Schlachtross zu alt war. Dank seiner übersinnlichen Fähigkeiten war es aber für Rowan häufig ein hilfreicher Gefährte gewesen. Rowan hatte viel Gepäck. Nicht nur einen Sack, der mit etwas Essen, einem frischen Umhang, einem Unterkleid und einer Decke gefüllt war, sondern zudem einen Folianten von Wudon, verschiedene Tiegel und Gefäße mit Heilmitteln. Außerdem ein Kurzschwert, eine Lanze und ein Schild. Scharus war schwer bepackt. Rowan sorgte sich, dass der treue Kamerad den Weg nicht schaffen würde, schließlich war das Tier alt und hatte Mühe, seine Last zu tragen. So ritt er bald dem Tross hinterher. Lieber wäre er ganz allein geritten und hätte auf die Umgebung geachtet, so lenkten ihn die Stimmen und Geräusche von Menschen und Pferden, die vor ihm ritten, ab. Er konnte die Naturgeister nicht spüren. Trotzdem beschlich ihn eine düstere Vorahnung. Er tat sie ab, sicher war sie durch das belauschte Gespräch ausgelöst worden und wies auf keine wirkliche Gefahr hin.

Nach Sonnenuntergang nächtigten sie in den Scheunen eines Dorfes.

Rowan nahm einen Räucherkegel und machte sich auf, einen stillen Fleck zu finden. In der Nähe des Ortes gab es eine Quelle, die jetzt, am späten Abend, verlassen dalag. Er hockte sich auf einen Felsen am Rand des Wassers und sammelte sich in seinem Inneren. Er spürte den Geist der Quelle, auch wenn er ihn nicht zu Gesicht bekam. Selbst die Geister des Waldes hinter ihm fühlte er. Sie waren ihm wohlgesonnnen, wie er erleichtert feststellte.

Als er zur Ruhe gekommen war, entzündete er den Kegel. Rotglühend brannte er und verbreitete den Geruch von Rosenholz. Es dauerte eine Weile, bis er ein Sirren hörte.

Sirii schwebte von den Bäumen zu ihm herab. „Wie geht es dem großen Magier?", fragte der Elf spöttisch.

„Schlecht. Droht dem Magierreich Gefahr? Sind Salawin und Bunduar in Lebensgefahr?" Rowan musterte Sirii genau. Bei dem Elfenprinz zuckten die Lider kurz.

„Wieso kommst du darauf?", tat Sirii ahnungslos.

Schnell berichtete Rowan von dem belauschten Gespräch. „Ich mache mir Sorgen. Mein Großvater war schon bei unserem Abschied in Llyllia so merkwürdig. Damals ist es mir nicht aufgefallen, weil ich so unglücklich war, allein bei Magier Hildrun zurückzubleiben und mit seinem Schüler Altus nicht klarkam. In dem letzten Brief hat Bunduar mich erneut eindrücklich ermahnt, fleißig zu arbeiten. Dabei sagen mir immer wieder alle, wie strebsam und befähigt ich sei und dass ich erheblich weiter sei als andere Magierlehrlinge."

„Er will nur nicht, dass du hochmütig wirst."

„Nein, dann würde er sich anders ausdrücken. Nach Wudons Worten drängt er, dass ich rasch mit der Ausbildung fertig werde, da nicht mehr viel Zeit bleibt. Sicher würde Großvater mir die Unterweisung zum Ritter gönnen, wenn ich verweilen könnte. Er weiß schließlich, dass mir das Lernen dann viel mehr Spaß machen würde."

Sirii schwieg eine Weile.

„Meine Mutter, die Elfenkönigin Mirasa, hat mir ans Herz gelegt, besonders auf dich zu achten. Du bist für das Magierreich wichtiger als Ottgar oder Mardok. Du bist nicht nur ein begabter Magier, sondern du hast auch Verständnis für die Naturgeister und uns Elfen. Nicht jeder Magier ist diplomatisch und schafft es, sich Verbündete zu suchen. Nur mit Hilfe von uns Unsterblichen kannst du einst dem Magierreich dienen."

„Und was ist meine Aufgabe im Ostland?" Natürlich hatte Rowan sich gefreut, auf Wanderschaft zu gehen und etwas Neues zu lernen. Inzwischen fühlte er, dass hinter den Orten, die sein Großvater für die Ausbildung ausgewählt hatte, ein weit größerer Sinn steckte als fähige Lehrmeister.

„Du weißt längst, dass es heilige Orte gibt. Orte, die wirkungsreicher sind als andere."

Rowan nickte.

„Das Kloster Eichenborn ist so ein Ort. Einige der Mönche beherrschen besondere Künste." Sirii wollte schon wegfliegen, doch Rowan hielt ihn zurück: „Was ist mit euch Elfen? Wenn das Magierreich in Gefahr ist, seid ihr es ebenfalls."

Sirii wurde ernst. „Meine Anweisungen sind ähnlich wie deine. Egal, was daheim passiert, ich soll dich schützen, selbst wenn alle meine Kameraden sterben sollten."

„Warum erteilt man solche Aufträge?", murmelte Rowan und gab sich selbst die Antwort darauf: „Weil wir nichts ausrichten können. Falls es unsere mächtigen Freunde und Verwandten allein nicht schaffen, können wir ihnen auch nicht helfen. Wenn sie untergehen, ruht allein auf unserem Überleben die Hoffnung der Zukunft!"

Sirii sagte leise: „Es belastet mich genauso wie dich. Aber sage Ottgar nichts davon. Er versteht es nicht. Er würde sofort zurückreiten wollen und trotzdem nicht helfen können."

Rowan zog seine Augenbrauen zusammen und nickte. Ja, Ottgar war noch ein rechter Kindskopf. Er versuchte zwar, sich zurückzuhalten und erst nachzudenken, bevor er handelte, doch bis er einst ein weiser König werden würde, musste er weiterhin eine Menge lernen.

Rowan wünschte Sirii eine gute Nacht, winkte ihm zum Abschied, bevor er zurückschlich und sich zwischen die Reitknechte in der Scheune legte.

Die anderen waren schon längst aufgestanden und hatten

die Pferde bepackt, als Rowan endlich aus einem tiefen Erschöpfungsschlaf aufwachte. Er beeilte sich, Scharus zu satteln und das viele Gepäck unterzubringen. Zum Glück erklärte sich ein Wagenfahrer bereit, einen Teil der Sachen zu verstauen, damit er Scharus entlasten konnte. Einer der Pferdeknechte, bei denen er eine Stute mit entzündetem Huf behandelt hatte, brachte ihm ein Stück Brot vorbei. „Du hast bestimmt Hunger!"

Rowan dankte mit einem Lächeln. „Ich hatte den Kopf mit wichtigen Dingen voll."

„Schaffst du es, die Klauenfäule zu heilen? Mein Vater ist Schäfer, er benötigt dringend ein Mittel dagegen, sonst hungert unsere Familie im Winter. Das bisschen Gemüse, das bei uns auf dem Berg wächst, reicht kaum zum Überleben."

„Ich weiß es nicht. Bisher hat nichts geholfen, deswegen habe ich allerlei Gepäck dabei, um weiterarbeiten zu können. Und die Mönche in Eichborn haben einen guten Kräutergarten."

Der Junge wirkte nach den Worten noch bedrückter als zuvor.

„Bestimmt hilft der König seinen Untertanen, wenn sie in Not geraten", tröstete Rowan.

Er unterhielt sich in der nächsten Etappe mit dem Pferdejungen und erkannte, dass er sehr viel von Tieren verstand. Vielleicht könnte er ihm zur Hand gehen. Gemeinsam untersuchten sie Ottgars Hengst. Der Junge stellte einen ähnlichen Befund wie Rowan. „Und was würdest du empfehlen?"

„Neue Eisen und einen leichteren Sattel."

Ottgar, der gerade dazu kam, meinte verärgert: „Dann

ist das Pferd aber als Kampfross nicht geeignet. Ich brauche den schweren Sattel um einen sicheren Halt im Kampf zu haben."

Der Pferdeknecht schaute ihn verwundert an, schwieg jedoch.

Er tat Rowan leid, deshalb schickte er ihn weg. Sobald der Junge außer Hörweite war, grinste er Ottgar an. „So ergeht es Fürsten, entweder sie hören zu und vertrauen ihren Leuten oder die Menschen reden ihnen nach dem Mund und sie können ihre Fehler nicht bereinigen."

Ottgar Gesicht verfärbte sich rot. „Es ist ein hervorragendes Schlachtross, nervenstark, aus guter Zucht und ihr sagt mir, ich kann es nicht reiten!"

Rowan zuckte mit den Achseln. „Wenn du unserer Meinung nicht traust, warum fragst du dann eigentlich? Du kannst weitermachen wie bisher, dann wird dieses wunderbare Tier bald nur für den Schlachter taugen, oder du beherzigst unseren Rat und besitzt einen guten Zuchthengst und ein hervorragendes Jagdpferd. Falls der Huf gut ausheilt, ist es vielleicht dein schnellstes Pferd im Stall."

Ottgar wurde nachdenklich. „Meinst du wirklich?"

Rowan verdrehte die Augen. „Der Hengst hat ausgezeichnete Anlagen, und wenn er vorsichtig aufgebaut wird, wirst du noch viel Freude an ihm haben", knurrte er erbost. Früher hatte Ottgar seinen Rat angenommen, aber seit er ständig die Vorurteile seiner Kameraden über Magier hörte, glaubte er Rowan nicht mehr unbeirrt.

Ottgar zögerte noch immer, schließlich nickte er. „Dann soll zuerst der Schmied seine Arbeit erledigen.

Du musst dabei zusehen, damit es richtig gemacht wird."

„Es wäre sinnvoll, wenn der Junge anwesend ist. Er versteht viel von Tieren", gab Rowan zur Antwort.

3.

Am Abend wollte die Gesellschaft in einem Tal an einem Bergsee rasten, die ersten Pferde waren längst abgesattelt, als Rowan eintraf. Er fühlte sich an diesem Ort sofort unwohl und ritt weiter zum König.

„Majestät, ich bitte um Gehör."

„Was will mein kleiner Magier mir sagen?"

„Der Ort ist unheilvoll. Bitte übernachtet hier nicht."

„Aber wir brauchen Wasser für die Pferde!", fuhr ihm ein Ritter über den Mund.

„Ich weiß", Rowan nickte. „Tränkt sie, füllt Eure Trinkbeutel und sucht anschließend einen sicheren Ort für die Nacht."

Kustin mustere ihn. „Schade, dass Wudon erst später hinterherkommt, sein Rat wäre jetzt hilfreich. Aber Bunduar hat seine Könige schon öfter vor Unheil gerettet, und alle Nachbarn beneiden Schwager Wilhar um diesen Magiermeister. Und du giltst als sein hoffnungsvoller Erbe …" Er schwieg eine Weile und befahl dann: „Wir reiten weiter."

Rowan dankte ihm. Nachdem er Scharus getränkt hatte, saß er auf und ritt voran. Der Weg führte durch eine schmale Schlucht. Besorgt musterte er die Felsen über sich, ohne etwas Beunruhigendes zu entdecken. Nur das ungute Gefühl dauerte an. Endlich weitete sich das Tal und es ging bergauf. Oben gab es ein Plateau.

Groß genug für die ganze Gesellschaft. Die Berge im Norden schirmten es von den Winden ab. Hier hielt Rowan an und saß ab.

Die Ritter und Knechte murrten, weil sie nicht am See rasteten, doch nach einem Machtwort von Kustin beeilten sie sich, die Zelte aufzubauen. Rowan spannte nur eine Plane zwischen seiner Lanze und dem Stock des jungen Burschen. Zu zweit war die Kälte zu ertragen.

Einige Knechte entfachten mehrere Feuer, brieten Fleisch und backten Stockbrot darüber. Rowan schlenderte durch das Lager und beobachtete die Leute. Die Stimmung war schlecht. Alle waren müde und das Wasser fehlte. Aber es fehlte nicht nur das Wasser. Rowan entdeckte besorgt, dass Herzog Vlotan, ein Großcousin des Königs, mit seinem Gefolge zurückgeblieben war. Er schwieg dazu, er war nur ein kleiner Magierlehrling und hier nicht besonders angesehen, obwohl seine Großmutter Wilanin eine ostianische Prinzessin gewesen war und sein Großvater für seine Voraussagen bekannt war.

Der Morgen graute noch lange nicht, als sie von lauten Rufen geweckt wurden. Eine Gruppe Reiter kam auf erschöpften Pferden angeritten und berichteten von einem Überfall. Mitten in der Nacht, als sie schliefen und nur zwei Männer Wache hielten, hatten bewaffnete Trolle sie überfallen. Ungerüstet hatten die Ritter nach ihren Schwertern und Lanzen gegriffen und versucht, sich im Dunkeln so gut es ging zu verteidigen.

„Rowan ist schuld", murrten ein paar Männer.

„Bevor wir hier Schuldzuweisungen machen, sollten wir unseren Kameraden zu Hilfe eilen", schlug Jatain vor.

„Das wird vergebens sein. Als wir flohen, lagen die anderen längst erschlagen auf der Erde."

Rowan spürte, dass sie logen, aber wer sich bis jetzt von Herzogs Vlotans Leuten nicht in Sicherheit gebracht hatte, wäre inzwischen bestimmt tot. Warum hatten sie nicht auf ihn gehört? Stattdessen wurde er nun als Verursacher verunglimpft. Am liebsten wäre er auf sein Pferd gesprungen und heimgeritten, wo er nötiger gebraucht wurde als hier. Dort war er sogar als Kind angesehen gewesen.

„In zwei Stunden wird es hell, dann kommen wir schneller voran. Legt euch wieder hin und ruht euch bis dahin aus", befahl König Kustin.

Die Männer befolgten seine Anweisung. Trotzdem hörte Rowan überall leise Stimmen. Er selbst konnte auch nicht schlafen. Hätte er die Ostianer retten können? Er grübelte, doch es hatte keinen Sinn. Er hatte eine Bedrohung gespürt, nur nicht gewusst, woher sie kam. Die seherischen Fähigkeiten seiner Mutter waren bei ihm nicht so stark ausgeprägt.

Am Morgen, lange bevor die Sonne aufging, rief der König ihn zu sich. „Warum hattest du uns gewarnt, an der Quelle zu nächtigen?"

Rowan zuckte die Achseln. „Ich habe eine große Gefahr gefühlt. Eine fremde Macht, die verärgert über unsere Anwesenheit war. Aber ich habe nicht vorhergesehen, was passieren würde. Aus taktischer Sicht war der Ort eine Falle. Rundherum Berge, im Kampf kann man nicht ausweichen und es gibt nur zwei Zugänge, durch die man schlecht fliehen kann."

„Die sich dadurch gut bewachen lassen."

Rowan schüttelte den Kopf. „Nein, von den Felswänden können sich Männer herablassen."

„Du widersprichst deinem König?", fuhr Kustin auf.

Rowan schwieg eine Weile. Schließlich meinte er: „Was wollt Ihr? Magier, die Euch in allem Recht geben, oder Magier, die ihre Meinung frei äußern und Euch mit ihren Fähigkeiten unterstützen."

„Du sprichst reichlich unbekümmert!", murrte der Waffenmeister des Königs. Er griff mit der Rechten nach dem Schwert. „Du bist ein Günstling König Wilhars. Kein Wunder, dass Du so verzogen bist."

Rowan hütete seine Zunge. So unfreundlich war er noch nie behandelt worden. Selbst in Llyllia hatten sie ihn freundlich aufgenommen. Und ausgerechnet bei den Verwandten im Ostland schlug ihm Ablehnung entgegen.

Hatte Wudon ihn deswegen von den Rittern und dem Gefolge des Königs ferngehalten? Er wunderte sich.

Leider hatte er keine Gelegenheit, Ottgar zu fragen, wie es ihm erging. Denn die Ritter nahmen ihn nicht zum Bergsee mit, dabei hätte er gewiss Spuren entdeckt und den Vorfall aufklären können. Er hoffte nur, sich nicht zu lange auf Burg Eichenfels aufhalten zu müssen, sondern bald zum Kloster Eichenborn weiterreisen zu dürfen. Er hatte genug, von den hochmütigen ostianischen Adligen und ihrem Misstrauen. Ihre unüberlegte Ablehnung kränkte ihn.

Erst am Abend kamen die Ritter und Knappen zurück. Sie hatten die Gefallenen gleich an Ort und Stelle begraben. Die Waffen und Pferde der Getöteten waren geraubt worden.

Rowan hatte die Zeit genutzt und sich um Ottgars Hengst gekümmert. Nachdem sie die Hufeisen abgenommen hatten, lahmte er kaum noch. Gleichwohl musste die Entzündung zunächst ausheilen. Rowan hatte sie mit Salbe behandelt.

Anschließend hatte er sich mit Wudons Folianten auf einen Felsen gesetzt und weitergelesen. Beim Durchblättern fand er ein Kapitel, das von Trollen handelte. Es wurde gewarnt, sie zu ärgern, und es gab auch Angaben, an welchen Plätzen sie anzutreffen waren. Vor dem See in der Schlucht wurde ausdrücklich abgeraten. Warum war das dem König und seinen Beratern nicht bekannt? Rowan verstand die ostianische Gesellschaft nicht. Solche wichtigen Dinge wurden doch in Liedern weitergegeben und besonders den Herrschern und Magiern gelehrt. So was vergaß man doch nicht.

Ottgar sah blass und mitgenommen aus. Trotzdem hielt Rowan sich von seinem Freund fern. Es war für Ottgar sicher nicht gut, wenn die Ritter mitbekamen, wie eng sie befreundet waren. Überhaupt sprach niemand mit Rowan. Nur aus Gesprächsfetzen erfuhr er, wie schlimm die Niedergemetzelten ausgesehen hatten.

Erst am nächsten Nachmittag erreichten sie kurz vor der Dämmerung Burg Eichenfels.

Drei Bauern erwarteten sie im Dorf am Fuße der Festung. Der älteste, ein gebeugter Greis mit langen weißen Haaren und Bart, trat vor, verbeugte sich vor dem König und wartete, bis er die Aufforderung zum Sprechen erhielt.

„Majestät, unsere Schafe werden von den Adlern, die

oberhalb der Burg ihren Horst haben, gejagt. Wir haben im letzten Frühsommer zahlreiche Lämmer verloren. Inzwischen greifen sie sich sogar ausgewachsene Tiere."

Der König versprach: „Wir sind zur Jagd hier. Wir werden versuchen, die Greifvögel zu erlegen." Langsam ritt der Tross durch das Dorf und den Berg zur Burg hinauf. Sie waren gerade durch das Burgtor geritten, als ein Adler über ihnen kreiste.

„He, Magier, ihr könnt doch zaubern. Beseitigt den Adler!", spottete ein junger Ritter.

„Nein, hexen und zaubern kann ich nicht. Aber ich kann schießen, gebt mir euren Bogen!", antwortet Rowan. Finstern zog er dabei seine dunklen Augenbrauen zusammen.

Der unbedarfte Mann reichte ihm den Bogen und einen Pfeil. Rowan nahm sich die Waffen und blickte danach zum König. Der nickte.

Also kletterte er auf die Burgmauer und schaute zu dem Greifvogel. Er war viel zu hoch, doch plötzlich schoss er herab und griff auf dem Hang unterhalb der Burg ein Murmeltier. In dem Augenblick legte Rowan an, spannte den Bogen und ließ los. Der Adler sackte leblos zusammen. Ein Knappe reichte Rowan einen zweiten Pfeil und Rowan legte erneut an und erlegte einen zweiten, kleineren Adler, der über ihnen kreiste.

Ein Raunen ging durch die Gesellschaft.

„Wilhar sagte schon, dass du gute Fähigkeiten als Ritter hast. Ich habe ihm nicht geglaubt. Doch du hast mich soeben überzeugt. Warum willst du ausgerechnet Magier werden?", sagte der König freundlich.

Rowan sah Kustin in die Augen. „Bunduar und meine

Mutter wünschen es. Und ich habe festgestellt, dass die wenigsten Menschen, Gefahren spüren können und noch weniger können mit den Elfen und den Geistern in Kontakt treten." Dann reichte er dem jungen Ritter den Bogen. „Wenn die Bauern keine Probleme mit ihrem Vieh gehabt hätten, hätte ich die Vögel nicht getötet. Sie fühlen Freude und Schmerzen genauso wie wir und auch sie haben ein Recht zu leben." Nach diesen Worten ging er zu Scharus und führte ihn zu den Stallungen.

„Musstest du die Höflinge so vor den Kopf stoßen?", warf Ottgar ihm am nächsten Tag vor. Sie hatten es endlich geschafft, sich unbeobachtet zu treffen.

Rowan hatte seinen Wallach in aller früh gesattelt und war aufgebrochen, die Umgebung zu erkunden. Auf einer Anhöhe hatte er Rast gemacht und das Burgtor beobachtet. Dabei bemerkte er, dass Ottgar mit ein paar Knappen ausritt. Er passte sie in einem Waldstück ab und ahmte den Ruf einer Krähe nach. Ihr Erkennungszeichen als Kinder.

Ottgar entschuldigte sich auch bald bei seinen Kameraden und ritt allein zurück, nur um bei erster Gelegenheit abzusteigen und seine Stute durch das Dickicht zu führen.

„Du hinterlässt eine Spur wie eine Rotte Schwarzwild", tadelte Rowan, der Ottgars Bemühen belustigt verfolgt hatte.

„Du hättest mich in der Burg fragen können, ob wir gemeinsam ausreiten." Ottgar verzog das Gesicht. „Was soll diese Heimlichtuerei?"

„Dann hätten sich bestimmt andere angeschlossen

und wir hätten uns nicht frei unterhalten können. Merkst du nicht, wie ich beobachtet und abgelehnt werde?"

„Blödsinn, wenn du dich öfter bei uns aufhalten würdest, wären sie auch nicht ablehnend." Ottgar setzte sich auf ein Moospolster und ließ das Pferd grasen.

„Du vergisst, dass ich nicht einmal Knappe bin. Ich habe etwas Anleitung im Kampf mit dem Schwert und der Lanze erhalten und Bogenschießen geübt, mehr aber nicht." Rowan klang ziemlich bitter. „Magier werden im Ostreich verachtet, warum auch immer."

„Du könntest dich über die Wünsche deines Großvaters hinwegsetzen und ebenfalls Ritter werden", meinte Ottgar achselzuckend.

„Widersetzt du dich den Befehlen deines Vaters?" Rowan schaute ihm eindringlich in die Augen.

„Natürlich nicht, er ist schließlich der König."

„Klar und du wirst der nächste König. Nur wer wird dann dein Obermagier?"

Ottgar senkte den Kopf. „Du hast ja recht. Aber ich würde so gern mit dir zusammen lernen. Du hast mir stets geholfen."

„Dabei warst du weiter als ich. Du hast viel mehr Übung gehabt und bist auch älter", antwortete Rowan.

Ottgar verzog sein Gesicht. „Drei Jahre. Du und Mardok, ihr seid für mich die Brüder, die ich nicht habe."

Rowan lachte und klopfte ihm auf die Schulter. „Für mich seid ihr auch wie Brüder. Ich wollte immer bei euch mitmachen und habe mich geärgert, dass Bunduar es nicht wollte. Doch wenn ich solche Dinge wie jetzt erlebe, wo die Ritter die Bedrohung nicht spürten, dann weiß ich, dass ich unbedingt Magier werden muss. Wer soll sonst diese Aufgabe übernehmen?"

Ottgar nickte. Er sah traurig aus. „Du hast recht, vielleicht würde ich einen anderen guten Magier finden, aber ob ich mich auf ihn so wie auf dich verlassen kann …? Bunduars Wünsche sind berechtigt, du musst mein Magier werden, wir müssen Freunde bleiben und uns gegenseitig vertrauen."

Rowan nickte und schüttelte sich. „Im Ostreich möchte ich nicht leben. Wudon fordert mich stark, sodass ich kaum zum Schlafen komme. Neulich habe ich zufällig ein Gespräch mitbekommen. Mein Großvater drängt auf eine schnelle Ausbildung, weil er eine große Gefahr für sich sieht. Die Zeit reicht scheinbar nicht aus, dass ich genug lerne, um ihm rechtzeitig zu helfen." Er sah sehr ernst aus. Bewusst verschwieg er, dass nicht nur Bunduar bedroht wurde. Was half es, wenn Ottgar sich um das Magierreich sorgen würde? Dazu wäre er imstande, sofort nach Wanroe aufzubrechen. „Weißt du, mir und Mardok fehlen die Väter. Wenn Bunduars Söhne noch lebten, würden sie Großvater beerben und ich hätte die Gelegenheit, mir viel von ihnen anzueignen. Möglicherweise wäre auch einer meiner Onkel begabter gewesen und ich könnte Ritter werden. Aber sie sind im Krieg um die heiligen Inseln gefallen. Mardok geht es ähnlich, auch sein Vater lebt nicht mehr und er muss das Amt direkt von seinem Großvater Peruan übernehmen."

Sie schwiegen eine Weile. Schließlich meinte Ottgar: „Du meinst, ich sollte froh sein, einen Vater zu haben?"

Rowan nickte. „Ja, du darfst dadurch länger in deine Aufgabe hineinwachsen."

„Was für eine Gefährdung droht deinem Großvater?", fragte Ottgar besorgt.

Rowan schüttelte niedergeschlagen den Kopf. „Ich habe nur Gesprächsfetzen gehört, sie erklärten mir aber den letzten Brief von Großvater, über den ich mich so geärgert hatte. Ich würde lieber wieder nach Hause reiten und bei ihm und Mutter sein. Außerdem habe ich dort Freunde. Selbst in Llyllia hatte ich welche. Leider lerne ich bei Wudon allein. Er hat keine Gesellen oder Lehrlinge, und die Magier sind hier auch nicht so angesehen wie im Magierreich."

„Deshalb sollten wir uns öfter treffen", schlug Ottgar vor.

„Sobald Wudon da ist, werde ich keine Gelegenheit mehr haben. In den nächsten Tagen werden wir auf die Jagd gehen, dabei wirst du bei den Rittern sein und ich werde mit den Knechten hinterherreiten."

„Warum ist es hier so? Im Magierreich reiten die Magier immer mit den Königen!"

„War es wirklich seit jeher so? Vielleicht ist es nur so, weil Bunduar ebenfalls ein Königssohn ist?"

„Du bist mit dem ostländischen Königshaus genauso verwandt wie ich", meinte Ottgar.

Rowan lachte leise. „Meine Verwandtschaft ist erheblich entfernter. Außerdem bin ich kein Thronerbe. Mich würde interessieren, ob sie deinem jüngeren Bruder, wenn du einen hättest, ebenso herzlich begegnen würden wie dir."

„König Kustin war stets freundlich zu dir."

„Ja, aber er hat auch nichts getan, damit mein Ansehen und meine Stellung besser werden, dabei weiß er genau, wie berühmt Bunduar ist und dass meine Ururgroßmutter seine Großtante ist." Rowan ärgerte es, so wenig wertschätzend behandelt zu werden.

„Hm, neulich war ein Sänger da, der die Abenteuer auf der Felsenburg besungen hat. Er hat dich als Held geschildert", warf Ottgar ein.

„Das Lob hat nicht dazu geführt, dass mich die meisten Ritter zuvorkommender behandeln." Rowan stand auf. „Komm, lass uns ein bisschen die Umgebung erkunden."

„Spürst du eine Gefahr?" Ottgar war nach dem Überfall der Trolle ängstlich geworden.

„Nein, hier sind uns alle wohlgesonnen. Ich habe schon einen kleinen Kreis um die Burg geschlagen. Ich fühle mich hier erheblich wohler als auf der Greifenburg.

Er hatte sogar genug Zeit gehabt, um mit dem Baumgeist einer uralten Kiefer Kontakt aufzunehmen. Von ihm hatte er erfahren, dass hier Frieden herrschte. Die benachbarten Mönche sorgten dafür, dass die Elfen, Feen, Baum- und Wassergeister gut behandelt wurden und zufrieden waren. Daher begegneten sie den Menschen freundlich und die Bauern lebten in bescheidenen Wohlstand. Selbst die Klauenseuche war noch nicht bis in diesen abgelegenen Winkel des Reichs vorgedrungen.

„Warum haben die Trolle den Herzog angegriffen?", hatte Rowan gefragt.

Der Baumgeist hatte lange geschwiegen. Rowan hatte ihn gewähren lassen. Um seine Achtung zu zeigen, hatte er stattdessen von sich erzählt, von Bunduar und seiner Mutter, der Seherin Salawin.

„Ich habe Löbliches von Bunduar gehört. Er ist angesehen und auch von dir wurde mir berichtet. Du hast gegen die Drachen gekämpft. Die Bäume im Tal des Felsenklosters waren dir sehr dankbar, denn sie litten unter den Feuerstößen der Drachen." Dann fuhr der Baumgeist fort: „Im Tal der Trolle haben die Menschen nach Erz gegraben, doch das gehört den Zwergen und Trollen. Als die Zwerge sich wehrten, wurden viele von ihnen getötet. Erst als die Trolle ihnen zu Hilfe kamen, wendete sich das Blatt. Die Menschen wurden vertrieben und dürfen sich seither nicht mehr in dem Tal aufhalten."

Verblüfft schwieg Rowan eine Weile. „Aber wenn die Menschen das wissen, warum sollten wir dort Rast machen?"

„König Kustin achtet die Geister nicht. Du merkst selbst, wie wenig Magier hier gelten. Außerdem fand der Kampf um die Erze in grauer Vorzeit statt, sodass die Menschen ihn wohl vergessen haben. Sie haben kein gutes Gedächtnis."

Rowan grinste. Der Baumgeist hatte recht. Die Erzählungen der Geister, Zwerge und Trolle reichten erheblich länger zurück.

„Gibt es hier in der Nähe keine Zwerge und Trolle?", erkundigte er sich.

„Nein, die Mönche des Klosters Eichenborn haben immer versucht, mit allen friedlich zu leben. Aber die Zwerge und Trolle haben nach den Ereignissen menschliche Lebewesen gemieden und sich aus dieser Gegend zurückgezogen."

Dann war dem Baumgeist das Gespräch lang genug

erschienen und er hatte sich zurückgezogen. Rowan hatte ihm noch rasch einen Dank hinterhergerufen.

Mit Ottgar durchkämmte Rowan noch ein wenig die Gegend. Die letzten Jahre hatten ihnen gezeigt, wie wichtig es war, die Umgebung zu kennen. Sie fanden ein paar Früchte, die sie pflückten und ritten anschließend zurück. Vor der Burg trennten sie sich. Ottgar folgte den Gefährten, während Rowan die Felsen aufsuchte. Dort fand er einen Wasserfall. Er erinnerte sich an seinen alten griesgrämigen Freund, den Wassergeist, der ihm damals beim Kampf gegen die Drachen geholfen hatte. Er setzte sich vor den Wassersturz, achtete auf seine Atmung und seinen Herzschlag, um sich in sein Inneres zu versenken. Er versetzte sich dabei in einen anderen Bewusstseinszustand. Inzwischen beherrschte er die Kunst, sich zu sammeln und mit den Naturgeistern zu reden, sehr gut, und so erschien das Gesicht des Geistes bald im Wasser.

„Rowan, ich freue mich, dass du uns besuchst", erklärte der Geist gutherzig.

„Du kennst mich?", fragte Rowan verblüfft.

„Ja, mein Cousin beim Felsenkloster hat mir von dir erzählt. Damals warst du noch ein kleiner Junge. Mittlerweile habe ich weitere Geschichten von dir gehört."

„Ich bin erleichtert, im Ostland Freunde zu finden", murmelte Rowan.

„Die Menschen des Ostreichs sind nicht freundlich zu den Geistern. Vielleicht kannst du ihnen mehr Höflichkeit uns gegenüber beibringen", bat der Geist.

„Ich fürchte, dass ich das nicht schaffe. Auch Magier sind hier nicht besonders angesehen."

„Du wirst ihnen schon zeigen, wie wichtig ihr sind", meinte der Wassergeist zuversichtlich. „Wenn du die Schafe heilst, wird dein Ansehen am Königshof steigen."

„Bisher haben wir leider kein Heilmittel gefunden."

„Früher gab es einen großen Magier auf Burg Eichenfels, möglicherweise besaß er ein Kraut dagegen."

„Vielen Dank, das ist ein guter Hinweis!" Rowan verabschiedete sich von dem freundlichen Wassergeist und opferte ein paar Blumen und etwas von seinem Essen.

Der Tag war sehr aufschlussreich gewesen und er war inzwischen neugierig auf die Mönche. Er war sich sicher, sich dort wohler als unter der Hofgesellschaft zu fühlen.

„Na, Trolle gejagt?", zog ihn ein junger Ritter auf, als Rowan sich am Abend ans untere Tafelende setzte.

„Es gibt hier keine Trolle. Aber ich habe erfahren, dass in dem Tal, in dem ihr nächtigen wolltet, vor langer Zeit ein Krieg zwischen Menschen, Zwergen und Trollen geherrscht hatte. Die Zwerge und Trolle sind den Menschen noch immer nicht wohlgesonnen und ihr solltet das Tal stets auf schnellstem Weg durchqueren."

„Was du nicht sagst", lachte der junge Mann. „Sogar mit angeblichen Geistern kann er sprechen."

„Die es nur in seiner Einbildung gibt", fügte ein anderer Ritter hinzu.

Rowan schwieg und würgte sein Essen hinunter. Diese Männer ließen sich nur mit dunkler Magie überzeugen, aber die durfte und wollte er nicht anwenden. Er tröstete sich damit, nur als Gast im Ostreich zu leben und es eines Tages wieder zu verlassen.

4.

Am nächsten Tag brachen sie früh zur Jagd auf. Obwohl Rowan sich freute, dass er mit der höfischen Gesellschaft daran teilnehmen durfte, fühlte er sich dabei unwohl. Er wunderte sich, daheim hätten vorher Trauerfeierlichkeiten für Herzog Vlotan und sein Gefolge angestanden, bevor der König zur Pirsch aufgebrochen wäre. So verärgerten sie doch die Gottheiten. Im ersten Augenblick wollte er deshalb schon in der Burg bleiben, doch zuletzt entschied er sich mitzureiten. Seine Verwandten hätten es ihm bestimmt übel genommen und er hatte sich an die ostianischen Bräuche zu halten.

Ritter Ludah, ein junger Mann mit fröhlichen Augen und einem offenen Gesichtsausdruck, wartete auf einer Lichtung, um sich Rowan anzuschließen.

„Du sonderst dich ab, verachtest du uns?", fragte er ohne Umschweife.

Rowan sah ihn erstaunt an. „Wieso? Weil ich an den Gesellschaften nicht teilnehme? Ich war bisher nie eingeladen worden. Abends, wenn im Rittersaal getafelt und gesungen wird, ist mein Platz bei den einfachen Leuten. Außerdem erwartet Magier Wudon, dass ich ihm helfe. Er ist wegen der Klauenseuche sehr beunruhigt. Selbst hier studiere ich in jedem freien Augenblick die alten Handschriften."

„Und? Findet ihr ein Mittel?"

Rowan zuckte die Achseln. „Wenn es den Göttern

genehm ist, ja, sonst nicht. Dann gerät das einfache Volk in Not, da die Tiere sterben und Milch, Wolle und Fleisch fehlen." Nach einer kurzen Pause fuhr er fort. „Eure Sommer sind kurz, wenn wir es in der Zeit nicht schaffen, ein geeignetes Heilkraut zu finden, wird es schwierig. Im Winter sind die Seuchen schwer zu heilen. Die Tiere bleiben im Stall und stecken sich gegenseitig an, das Futter ist knapp und sie sind dadurch geschwächt."

„Das wusste ich nicht. Wir haben in den letzten Monden sämtliche Vorräte verbraucht, das ist der Grund, warum wir trotz der anstehenden Trauerfeier für die getöteten Männer auf Jagd gehen. Die Bauern beklagen sich, dass das Wild ihre Felder verwüstet. Falls wir nichts unternehmen, fällt die Ernte schlecht aus. Zudem müssen wir die Fleischvorräte auffüllen."

„Rufen vor solch bedeutsamen Dingen Eure Priester nicht die Götter um Beistand an?", fragte Rowan.

„Ist das bei euch üblich?"

„Bei einer kleinen zwanglosen Jagd nicht. Aber wenn es wichtig ist, weil die Vorräte knapp sind und das Überleben der Bevölkerung davon abhängig ist, dann natürlich."

Ludah schwieg eine Weile, schließlich meinte er: „Obwohl wir Nachbarn sind, sind wir doch überaus unterschiedlich. Bei uns gelten Magier und Geistliche oft als Scharlatane, die unnütz sind, da sie nichts leisten und Aberglauben verbreiten."

„Selbst die Priester?" Rowan war erschrocken. Seine Mutter hatte die Großmutter immer als gläubige Frau geschildert. Prinzessin Wilanin hatte einige Zeit im

Kloster gelebt und hatte dort die Heilkunde erlernt. Zudem war sie übersinnlich begabt gewesen.

„Früher war es anders. Meine Großeltern waren sehr fromm gewesen."

„Meine Großmutter ebenfalls", murmelte Rowan.

„Vielleicht hätten wir mehr auf euch Magier hören sollen. Zum Glück hat König Kustin deine Warnung ernst genommen." Sie hingen ihren Gedanken nach, bis Ludah fragte. „Was hättest du getan, wenn er nicht auf dich gehört hätte?"

„Ich hätte versucht, ihn zu überzeugen und falls es nicht geklappt hätte, wäre ich mit Ottgar weitergeritten."

„Der junge Thronfolger wäre dir sicher nicht gefolgt", gab der Ritter zu bedenken.

Rowan grinste spitzbübisch. „Ich hätte schon eine Möglichkeit gefunden, ihn aus dem Tal zu führen."

„Mit einer List?"

„Notfalls auch damit. Schließlich trage ich für das Wohl Ottgars mit die Verantwortung." Darauf gaben sie den Pferden die Sporen, um wieder Anschluss zu finden. Ludah lud Rowan ein, ihm zu den Rittern zu folgen.

„Hier gibt es Schwarzwild", sagte einer der königlichen Jäger.

Der König nickte. „Lasst uns eine kurze Rast machen, dann beginnen die Treiber mit ihrer Arbeit. Wir werden die Tiere hier erwarten."

Sein Bruder, Prinz Hrodwal, platzierte die adligen Jäger an geeigneten Stellen.

Rowan lehnte sich dagegen auf, neben Ludah Posten zu beziehen. „Ich muss bei Ottgar bleiben. Meine

Aufgabe ist es, ihn zu behüten", sagte er.

Prinz Hrodwal lachte schallend. „Wie willst du ihn beschützen?"

„Vielleicht nicht mit der Lanze, dafür mit größerer Aufmerksamkeit", erwiderte Rowan knapp. Er ärgerte sich, dass man ihn nicht ernst nahm. Es kostete ihn seine gesamte Beherrschung, dem Prinzen keinen Schaden zuzufügen. Wie leicht könnte er dessen Jagdpferd dazu bringen, durchzugehen. Doch das wäre nicht angemessen, außerdem hätte ihm das keiner seiner berühmten Lehrmeister verziehen.

Da Rowan auf seinem Standpunkt beharrte, bewilligte Hrodwal schließlich, dass Ludah und Rowan neben Ottgar und den Rittern Brodah und Chirah ihren Platz einnahmen.

„Hast du überhaupt eine Jagdwaffe?", fragte Chirah.

Rowan hielt seine Lanze hoch.

„Nur eine Lanze? Damit kannst du nicht mit uns mithalten", meinte Ludah.

Aber Ottgar hatte einen zweiten Bogen mitgebracht und reichte ihn Rowan mit ein paar Pfeilen.

„Vögel kannst du schießen, ein Keiler ist jedoch etwas ganz anderes", sagte Chirah prahlerisch.

Ottgar lachte. „Notfalls redet er mit ihm. Rowan versteht sich auf Tiere, er spricht mit ihnen. Ich habe einmal erlebt, wie er einen wild gewordenen Stier beruhigt hat."

Und nach einer kleinen Pause meinte er: „Und mehrmals durchgegangene Pferde."

Die Ritter blickten drein, als würde Ottgar sie verulken wollen. Selbst Ludah schaute misstrauisch.

Rowan musterte die Männer. Ludah war noch ziemlich jung, dafür kraftvoll und drahtig. Brodah war reifer, schon aus dem besten Alter eines Kriegers heraus, stattdessen wirkte er besonnen und erfahren. Während Chirah auf ihn den Eindruck eines Angebers machte. Er sah nicht sehnig aus und auch mit seinem Reittier bestand keine Einheit. In einem Kampf hatte er sicher mehr mit dem Braunen als mit den Gegnern zu ringen. Rowan hoffte, dass Brodah mit ein Augenmerk auf Ottgar haben würde. Die beiden Jüngeren wollten gewiss ihre Beute erlegen. Hoffentlich verhielt sich sein Freund vernünftig und setzte sich nicht unnötig einer Gefahr aus. Leider ließ sich Ottgar in letzter Zeit oft zu unüberlegten Handlungen hinreißen.

Endlich hörten sie die Treiber in der Ferne mit Stöcken gegeneinanderschlagen. Auf der anderen Seite der Lichtung brachen zwei Rehe aus dem Gebüsch und wurden sofort vom König und einem Knappen erlegt. Es folgte ein stattlicher Hirsch, der ebenfalls vom König geschossen wurde.

Rowan war froh, in seiner Ausbildung inzwischen so fortgeschritten zu sein, dass er die Angst und die Schmerzen der Tiere ausblenden konnte und nicht selbst zu sehr mitlitt.

Schließlich hörte er schnelle, leichtfüßige Sprünge auf sie zukommen. Er legte einen Pfeil in den Bogen und spannte ihn.

Ottgar sah es und folgte seinem Beispiel. Als eine Hirschkuh aus dem Wald sprang, schoss Ottgar und verfehlte sie, da sie, erschrocken über die Menschen vor ihr, die Richtung änderte.

Rowan erwartete, dass Ottgar ein zweites Mal schoss, doch Chirah kam ihm zuvor. Sein Pfeil streifte die Brust der Kuh, die daraufhin erneut die Richtung wechselte und erschrocken an ihnen vorbeischoss. Chirah fluchte und sandte ihr vergeblich einen weiteren Pfeil hinterher.

Rowan spürte die Angst des Tieres und senkte den Bogen.

„Na? Hast wohl Angst, sie nicht zu erwischen", versuchte Chirah ihn zu reizen.

Darauf antwortete Rowan nicht, sondern drehte sich wieder zum Wald zurück. Er vernahm eine Rotte Schwarzwild geradewegs auf sie zurasen.

„Vorsicht, Wildschweine!", rief Rowan und hob den Bogen abermals. Fünf Schwarzkittel preschten auf sie zu. Vornweg ein Keiler mit großen Hauern. Rowan geduldete sich einen Augenblick, bis er in eine bessere Schussposition kam, und ließ dann den Pfeil fliegen.

Der Wildeber sackte getroffen zu Boden.

„Erlegt, mach das erst einmal nach!", tönte Chirah.

Rowan beachtete ihn nicht. Er hatte schon den nächsten Pfeil eingelegt. Das zweite Tier brach von einem Pfeil von Ludah zusammen, Ottgar zielte auf den dritten, doch die Bache lief trotz des Geschosses in ihrer Brust direkt auf sie zu. Brodah setzte ihr den Blattschuss.

Rowan schoss auf das vierte Wildschwein, das inzwischen die Richtung gewechselt hatte und zum König stürmte. Er traf es im Herzen, sofort sank es zu Boden.

Ottgar und Ludah brachten den letzten Keiler zur Strecke.

„Puh, das war knapp", meinte Ottgar und wischte sich

den Schweiß von der Stirn.

Rowan nickte. „So viele auf einmal sind schwer zu erlegen."

„Nur, wenn nicht jeder Schuss sitzt!", prahlte Chirah. Er beugte sich mit Ludah gemeinsam über den großen Keiler. „Den hat unser kleiner Magier niedergestreckt. Sein Pfeil steckt im Herzen", meinte Ludah grinsend zu Chirah.

„Nein, mein Geschoss hat ihn zuerst getroffen."

„Im Schinken, davon wäre er wohl kaum verendet."

Ottgar wollte absteigen, um sich die Beute anzusehen, doch Rowan hielt ihn mit einer herrischen Handbewegung zurück. „Nimm die Lanze!", forderte er seinen Freund auf.

„Ein mächtiges Tier!", warnte Rowan ebenfalls die beiden Ritter, die bei den erlegten Schwarzkitteln standen, und fasste selbst nach der Lanze.

Brodah beobachtete ihn und folgte seinem Beispiel. Gerade noch rechtzeitig, denn aus dem Wald brach jetzt eine Bärin mit ihrem Jungen hervor. Sie lief genau auf Chirah zu. Der zog das Schwert und machte zwei Schritte rückwärts. Ottgar stürmte mit erhobener Lanze auf den Bären zu. Rowan hatte Mühe, ihm zu folgen. Der kluge Scharus war nicht bereit, sich in Gefahr zu bringen. Rowan musste ihn regelrecht zwingen.

Auf Ottgars anderer Seite ritt Brodah. Zielsicher warf Ottgar die Lanze und traf. Mit dem Ergebnis, dass die Bärin sich auf ihren Hinterbeinen aufrichtete und Ottgar angriff. Daraufhin scheute sein Pferd und warf ihn ab. Noch bevor die Bärin Ottgar erreicht hatte, traf Rowans Lanze sie in die Brust. Sie taumelte und ließ sich auf allen vieren nieder. Wütend brummte sie und griff erneut an. Ottgar kroch eilig hinter einen Felsen und zog sein Schwert, während Brodah seine Lanze nach der Bärin stach. Rowan nahm das Schwert und schleuderte es auf das Tier. Diesmal traf er seinen Rücken. Er zog sein Messer und sprang neben Ottgar ab.

Inzwischen drang auch Ludah mit der Lanze auf die Bärin ein, während Brodah sein Streitschwert gezückt hatte und sich vor die beiden Jünglinge stellte. Doch es war nicht mehr nötig, die Bärin brach tot zusammen. Die Ritter der Nachbargruppe waren herangeeilt, um ihnen zu helfen, und erlegten das Bärenjunge.

„Schade, das hätten wir noch gut im Burggraben von Eichenfels halten können", meinte Chirah.

Rowans Blick traf Brodahs. Die Augen des alten Ritters funkelten vor Spott. Anscheinend hatte er eine ähnliche Meinung von Chirah wie Rowan.

„Ist bei euch alles in Ordnung?", fragte Brodah. Er stieg ab und klopfte Rowan und Ottgar auf die Schultern. „Ihr habt euch wacker gehalten. Aus euch werden einst tapfere Krieger und weise Herrscher und Berater", lobte er.

Ottgar wurde vor Freude darüber rot im Gesicht. Rowan musterte den bejahrten Mann und fragte sich, ob diese wohlwollenden Worte ernst gemeint waren. Doch er meinte es ehrlich, selbst wenn Rowan zweifelte, ob sie beide tatsächlich so heldenhaft gewesen waren. Sie hatten einfach so gehandelt, wie es in dem Augenblick erforderlich gewesen war. Aber Rowan tat es um die getöteten Tiere leid. Er würde sicher wirklich ein besserer Magier als Ritter und Jäger werden.

Mit Hilfe der Jagdhelfer weideten sie das erlegte Wild aus und hängten es auf die Packtiere, um es zur Burg zu schaffen.

Die Sonne stand schon ziemlich tief. Rowan staunte, wie schnell der Tag vergangen war, allerdings waren sie aber auch längst nicht so lang wie im Hochsommer.

„Es wird Zeit, dass wir zurückkommen. Heute Abend gibt es ein Fest, mit so reichlicher Beute habe ich nicht gerechnet", rief König Kustin gut gelaunt. Er hatte sein Pferd neben Ottgar und Rowan gelenkt und ließ sich von den Jünglingen die Jagd auf die Wildschweine und die Tötung der Bären schildern.

„Ihr habt Mut bewiesen", lobt er leutselig. Dann wandte er sich an Rowan: „Ich hatte es für Übertreibung gehalten, als es hieß, du würdest ein tapferer Ritter werden. Aber du beherrschst den Umgang mit den Waffen besser als mancher erwachsene Krieger."

„Dabei ist er nicht einmal Knappe!", sprudelte Ottgar heraus.

„Zu meinem Bedauern benötigt Wudon Rowan. Wir müssen die Klauenseuche stoppen, bevor sie sich über mein gesamtes Reich ausbreitet und eine Hungersnot ausbricht. Es tut mir leid Rowan, ich würde dich gern als Knappen an meinem Hof haben."

Rowan stimmte zu. „Ich würde gern mit den anderen Jünglingen lernen, aber mir fehlt noch so viel Wissen, bevor ich ein tüchtiger Magier werden kann."

„Ich weiß." Der König nickte ihnen huldvoll zu und schloss sich der nächsten Gruppe an.

Ludah verzögerte den Schritt seines Pferdes, bis die beiden Jungen ihn eingeholt hatten. „Das war bedeutend aufregender, als ich erwartet hatte. Und ihr habt euch gut geschlagen. Rowan, ich werde mit Wudon sprechen, er soll dich wenigstens hin und wieder zu uns schicken, damit wir gemeinsam üben können." Dazu grinste er spitzbübisch. „Wir fangen gleich morgen früh an, bisher ist er nicht da und kann somit keine Einwände erheben."

Rowan verzog sein Gesicht. „Ich muss in den alten Folianten der Burg nach einem Heilmittel suchen."

„Zwischendurch brauchst du eine Pause, dann gelingt dir das Studieren der Bücher auch viel besser", meinte Ludah.

„Versteht Ihr etwas von Büchern?", fragte Ottgar erstaunt.

„Klar, ich lebte ein paar Jahre als Schüler im Kloster. Nachdem mein älterer Bruder gestorben war, holte mich mein Vater heraus und ließ mich erst bei Brodah als Page und später bei Herzog Loruw als Knappe ausbilden. Seitdem ich zum Ritter geschlagen wurde, lebe ich am Königshof."

„Vermisst Ihr das Kloster?", fragte Rowan.

„Manchmal. Allerdings liegt mir das Ritterleben mehr."

Endlich erreichten sie die Burg. Die beiden Jungen führten ihre Pferde und zwei weitere der Ritter in den Stall, sattelten sie ab und versorgten sie mit Wasser und Futter.

Danach wuschen sie sich selbst am Brunnen, bevor sie den Rittersaal betraten. Die Gesellschaft saß schon an der Tafel und Knechte brachten die Speisen.

Rowan wollte sich wie üblich an das untere Ende setzen, doch Ritter Brodah forderte ihn auf, sich bei ihm niederzulassen.

„Du bist Bunduars Enkel, du gehörst zur Königsfamilie und nicht zu den unbedeutenden Leuten."

Sie nahmen sich von den verschiedenen Speisen. Rowan aß sogar Fleisch, was er sonst meistens vermied. Aber der Tag war anstrengend gewesen und etwas Gemüse hätte ihn nicht gesättigt.

„Angeblich sollst du singen können", meinte Chirah.

Ludah hörte das und schüttelte den Kopf. Was Rowan zu einem Grinsen verleitete. Eigentlich hätte Chirah inzwischen begreifen müssen, dass die Gerüchte über ihn stimmten. Fragend blickte Rowan den König an und da dieser nickte, begann er mit einigen magianischen Balladen und trug im Anschluss uralte ostianische Lieder vor.

Das Stimmengewirr im Saal legte sich, als sein heller, klarer Tenor den Raum erfüllte. Beifall brandete auf, sobald er endete.

„Du bist ein würdiger Großenkel der berühmten Jambin", lobte König Kustin.

„Jambin hat die Geister und Elfen mit ihrem Gesang betört", murmelte Brodah.

Ottgar und Rowan sahen ihn an.

„Kanntet Ihr unsere Urgroßmutter?", fragte Ottgar.

„Ja, ich habe eine Weile auf Burg Wanroe gelebt. Sie war wunderschön, obwohl sie damals schon sehr alt war. Mit ihrer Stimme hat sie König Mawuar verzaubert, so dass er sie zu seiner Frau nahm." Die beiden Jungen fragten ihn aus und er erzählte bereitwillig von seiner Zeit auf Burg Wanroe.

Rowan bekam Heimweh. Würde er Wanroe je

wiedersehen? Und seine Mutter und seinen Großvater?

Er ging früher als die anderen in seine Kammer, die er mit ein paar Knechten teilte, und schlief gleich ein. Als er am Morgen aufwachte, waren nur aus der Küche Geräusche zu hören. Die Hofgesellschaft ruhte noch. Rowan erhob sich leise, wusch sich rasch an einer Waschschüssel und schlich in die Studierstube. Dort entzündete er eine Öllampe und schaute sich um. Obwohl die Burg von König Kustin nur als Jagdsitz benutzt wurde, besaß sie eine kleine Bibliothek.

Er nahm das erste Buch heraus und blätterte darin. Es enthielt die Chronik von Eichenfels. Beim Blättern entdeckte er, dass die Burg in früheren Jahrhunderten der Königssitz gewesen war. Er schlug den nächsten Band auf. Hier waren die verschiedenen Geschlechter des Landes aufgeführt, er fand sogar seine Großmutter verzeichnet. Im dritten Folianten waren Lieder niedergeschrieben. Natürlich konnten in jedem dieser Bücher auch Hinweise zu Krankheiten stehen, doch Rowan wollte lieber mit einem Heilbuch anfangen, aber das gab es hier nicht. Darum hatte ihm Wudon wahrscheinlich seinen Folianten zum Studieren mitgegeben.

Vom Burghof ertönten Pferdhufe, die über das Pflaster klapperten. Er stellte das Buch zurück, löschte das Licht und sprang die Treppe hinunter.

Ludah wartete wie verabredet schon auf ihn am Brunnen, um Rowan das Kämpfen zu lehren. „Na du Langschläfer", zog ihn der Ritter auf.

„Ich habe bereits die Bibliothek der Burg besichtigt. Prinz Jatain gab mir die Erlaubnis, die Studierstube zu benutzen.“

„Obwohl es noch dunkel war?“

Rowan nickte. „Ich habe vorerst auch nur im Lampenschein ein paar Schriften durchgeblättert und mir einen Überblick verschafft.“

„Wirst du hier eine Medizin finden?“

„Ich glaube nicht. Aber so tief bin ich nicht in die Bücher eingedrungen.“

Während des Gesprächs waren sie über den Burghof gelaufen. In der Vorburg übten sich ein paar Knappen im Kampf mit der Lanze.

„Dann wollen wir es ihnen nachmachen“, schlug Ludah vor.

Er gab Rowan Schild und Lanze und sie übten sich im Nahkampf mit der Lanze. Rowan erwies sich als überaus geschickt. Nur an Ausdauer mangelte es ihm.

„Ich bin nicht in Form. In den letzten Monden habe ich fast nur in der Studierstube gesessen“, beklagte er sich.

„Deshalb wird es höchste Zeit, dass wir mit dir üben.“

Später holten sie nach einer kurzen Vesper die Pferde und ritten mit der unter dem Arm eingeklemmten Lanze auf Strohpuppen los. Ludah gab Rowan Tipps und staunte, wie rasch der Jüngling sie umsetzen konnte.

„Ich hätte dich gern als Knappen. Ich habe noch niemanden gesehen, der so schnell lernt. Im Kampf scheinst du schon zu ahnen, was dein Gegner vorhat.“

Rowan verschwieg ihm, dass er das tatsächlich wusste. Nicht immer, aber häufig. Die meisten Menschen verrieten ihre Absicht mit ihren Augen. Außerdem gewahrte er es in seinem Inneren.

Gegen Mittag meinte Chirah: „Wir müssten die jungen Pferde bewegen. Wollte ihr mitkommen?"

Ludah schaute Rowan an und der nickte. Gemeinsam mit den übrigen Knappen und einigen Rittern sattelten sie die Pferde und führten sie aus der Burg hinaus.

„Nimm den Braunen", meinte Chirah und reichte Rowan die Zügel eines lebhaften Hengstes. Rowan spürte gleich den Widerstand des Tieres. Es legte die Ohren an und tänzelte. Er sah aus den Augenwinkeln die Blicke, die sich ein paar der Knappen zuwarfen.

„Gib ihn lieber mir", meinte Ludah leise. Doch Rowan schüttelte kaum sichtbar den Kopf. Er richtete seine Aufmerksamkeit auf den Braunen und versuchte ihn mit seinen Gedanken zu erreichen. Das Tier hatte Angst. Die Burg, der Stall, die vielen Pferde und Männer beunruhigten es.

Rowan summte sanft ein Reiterlied. Der Hengst drehte die Ohren zu ihm. Sobald er die Aufmerksamkeit des Tieres erregt hatte, vermittelte er ihm gedanklich, dass es keine Angst haben musste. Es dauerte eine Weile, zuletzt stand es regungslos und vollkommen entspannt da. Rowan ließ die Zügel los, wendete sich ab und ging weg. Das Pferd folgte ihm. Schließlich blieb Rowan stehen, tätschelte es und stieg in den Sattel.

Die Männer murmelten erstaunt, so etwas hatten sie noch nicht gesehen. Der Hengst blieb weiterhin ruhig. Rowan konnte ihn problemlos mit seinen Schenkeln lenken.

Ottgar hatte mit seinem Wallach größere Probleme, doch auch er bekam das Tier in den Griff, allerdings scheute er ab und zu oder keilte aus.

„Ihr seid gute Reiter", lobte Ludah.

„Wie machst du das, dass dir so ein lebhaftes Tier arglos folgt?", fragte er Rowan schließlich, nachdem sie nach einem langen Ausritt wieder zurückkamen. Selbst das Klappern im Hof und der Ochsenkarren, der ihnen entgegenkam, ertrug der Braune.

„Ich spreche mit ihnen", erklärte Rowan.

„Mit deinen Liedern?"

„Auch, aber mehr in Gedanken und vor allem mit der Körperhaltung. Pferde verständigen sich damit. Ich habe ihm gezeigt, dass ich sein Anführer bin und er keine Angst haben muss."

„Kannst du es mir beibringen?", fragte Ludah.

„Es gehört beharrliche Beobachtung dazu, um die Pferde zu verstehen und sich ihnen mitzuteilen."

Da Ludah bereit war, ihn im Umgang mit den Waffen, vor allem der Lanze, zu schulen, erklärte Rowan ihm ein paar Verhaltensweisen der Pferde. Sogleich probierte es der junge Ritter an einer lebhaften Stute, die sehr scheu und noch nicht zugeritten war, aus.

Er besaß Beobachtungsgabe und Einfühlungsvermögen. Rowan hoffe, genug Zeit zu finden, um von Ludah zu lernen und ihn seinerseits zu unterrichten.

Unter der geduldigen und erfahrenen Anleitung von Brodah und Ludah machten Rowan und Ottgar gute Fortschritte. Prinz Hrodwal, dessen Knappe Ottgar war, war leider überaus ungeduldig und jähzornig, sodass Ottgar bisher nur wenig von ihm gelernt hatte. Zum Glück gab es einige ältere Knappen, die ihm manchmal etwas zeigten. Doch jetzt zusammen mit Rowan machte es ihm erheblich mehr Freude und sein Ehrgeiz erwachte. Es konnte nicht sein, dass der jüngere Rowan, der fast nur in der Studierstube saß, besser war als er.

So wiederholte Ottgar die Bewegungsabläufe in jedem freien Augenblick und dadurch bestimmt doppelt so viel wie Rowan. Und wenn Rowan ihn fragte, ob er nicht mit ihm in den alten Aufzeichnungen stöbern wollte, lehnte Ottgar ab, weil er sich im Kampf üben wollte. Rowan nahm es gelassen hin. Er wusste, dass der Freund die Schule nie gern besucht hatte.

„Es gibt einen Band mit der Familiengeschichte, das ist auch unsere Geschichte", versuchte Rowan ihn trotzdem zu locken. Ein anderes Mal meinte er: „In dem Buch mit den verschiedenen Adelsfamilien kannst du die Provinzen und Landesgrenzen des Ostlandes kennenlernen. Erdkunde war doch dein Lieblingsfach."

„Hör mir bloß auf", stöhnte Ottgar. „Mir reichte der Unterricht auf Wanroe. Die alten Geschlechter haben mich nie interessiert und die ostianischen Gebiete sind für mich unwichtig."

Rowan lachte. „Aber du musst eines Tages bei deinen Kindern den Eifer für ihr Land und ihre Herkunft wecken."

„Dafür hat man seine Leute. Mein Vater hat kaum etwas von früher erzählt."

Immerhin hatte Wilhar ihn angehalten, beharrlich zu lernen. „Du musst fleißig sein und dir Wissen aneignen, denn wenn deine Lehensleute schlauer sind als du, ist es peinlich. Sobald sie erkennen, dass du in der Schule schlecht warst, machst du dich nur lächerlich", hatte

Wilhar ihn angestachelt, wenn er mal wieder keine Lust hatte. Und Ottgar war immer ein gehorsamer Sohn gewesen, obwohl ihm vieles schwerer als Rowan oder Mardok fiel.

Dafür war er normalerweise ruhig und ausgeglichen und nahm sich die Zeit, anderen zuzuhören, ihre Worte abzuwägen und dann erst zu entscheiden. Seine Lehrer hatten ihn deshalb stets gelobt.

„Überstürze nichts. Schnelle Beschlüsse sind häufig Fehlentscheidungen. Versuche, so viel Auskünfte wie möglich zu erhalten und befrage deine Ratgeber, bevor du dir ein Urteil bildest", hatten sie gemeint. Daher zwang Ottgar sich abends, den Sängern und Geschichtenerzählern zu lauschen, und er fragte Rowan und die anderen Knappen aus. So erfuhr er eine Menge über das Ostland, ohne selbst in den Büchern zu lesen.

„Hast du inzwischen Rezepte entdeckt?", erkundigte Ottgar sich bei Rowan, als sie von einem Ausritt zurückkamen. Am Vormittag hatten sie einen Turnierkampf geübt, Rowan hatte ein junges Pferd geritten, das noch unerfahren war. Mit seiner einfühlsamen Art brachte er den Wallach dazu, genau das Richtige zu tun und auch in ungewohnten Situationen ruhig zu bleiben. Der wilde Braune, auf dem er vor Tagen gesessen hatte, musste erst von den Knechten vorbereitet werden, bevor er im Übungskampf eingesetzt werden konnte. Allerdings bezweifelte Rowan, dass das Tier jemals so gelassen wäre, um ein Streitross zu werden.

„Nein, aber in dem Folianten, den ich mitgebracht habe, gab es zwei Vorschläge, die ich gerade ausprobieren lasse."

„Hier gibt es überhaupt keine Klauenseuche!"

„Stimmt, ich habe deshalb das Rezept mit einer Brieftaube an Wudon im Westen gesandt, damit er es testen kann."

„Hast du das Buch durchgelesen?"

Rowan lächelte. „Ja, nur reicht das nicht. Eigentlich müsste ich alles auswendig lernen. Dafür würde ich jedoch Jahre benötigen. Ich nehme mir jeden Tag ein bis drei Heilmittel vor."

„Und die restliche Zeit?"

„Kämpfe ich mit dir und diesem Pferd!"

Ottgar lachte, dann trieb er seine Stute an, damit sie kräftiger ausschritt. „Wir müssen uns beeilen. Prinz Hrodwal will mit mir Schach spielen."

Rowan grinste. „Siehst du, dazu komme ich wiederum nicht. Wenigstens kümmert er sich ab und zu um dich." Tatsächlich war Ottgar Knappe des Königs, doch der hatte die Aufgabe, Ottgar auszubilden, an seinen Bruder weitergegeben.

Von der Burgbrücke schauten sie ins Tal hinab, von hier konnte man die gesamte Gegend überblicken. „Da hinten kommen Leute", sagte Ottgar und zeigte in die Ferne.

„Sicher ist es Wudon, der wollte seit Langem hier sein."

„Dann wirst du sicher keine Gelegenheit mehr haben, mit uns zu üben." In Ottgars Stimme hörte Rowan das Bedauern darüber.

Er nickte.

„Ziehst du gleich ins Kloster weiter?"

„Ich vermute es."

Ein paar Stunden später, es war schon längst dunkel und das Gatter heruntergelassen, erschien Wudon mit einer kleinen Gruppe Ritter vor dem Tor.

„Wir sind einen Umweg geritten, um das Trolltal zu vermeiden, weil die Trolle momentan so aufgebracht sind; das hat uns aber fünf Tage gekostet", berichtete der Magier, als er endlich an der Tafel im Rittersaal saß. Anschließend wandte er sich Rowan zu. „Du hast hoffentlich deine Zeit sinnvoll genutzt."

Der senkte betreten den Kopf.

Wudon lachte. „So, hast du dich in den ritterlichen Künsten vervollkommnet?"

Ritter Brodah lächelte. „Der Junge ist ein Naturtalent. Es ist schade, dass er nur Magier wird. Er wäre ein geeigneter Ritter und einst ein hervorragender Heerführer."

„Soviel ich weiß, hat das Magierreich bereits einen talentierten Nachfolger für den greisen Waffenmeister Peruan. Sein Enkel Mardok soll ein fähiger Taktiker sein. Allein Rowan ist der einzige begabte Erbe Bunduars."

„Oh, es gibt doch so viele gute Magier."

„Es gibt Magier und eine Reihe davon sind gut, aber nicht gut genug." Dann erklärte Wudon Rowan: „Du hattest recht mit dem überlieferten Rezept, die Mischung mit unserem neuen Mittel hilft. Ich hoffe, die Klauenseuche noch vor dem Winter besiegt zu haben. Meine Helfer reiten mit dem Heilmittel durch die Provinzen und verteilen es an die Bauern."

Rowan wurde vor Freude und Stolz rot. Also hatte er die Wochen sinnvoll genutzt, obwohl er zusätzlich mit den Knappen geübt hatte.

5.

Jedes Jahr hielt König Kustin auf Burg Eichenfels eine Rats- und Gerichtssitzung ab, zu der sich viele Adelige trafen. Einige ältere Herrschaften lebten zudem ganzjährig in den Wohngebäuden. So lernte Rowan viele seiner entfernten Verwandten kennen. Schnell spürte er, dass die Familienmitglieder untereinander zerstritten waren. Ein paar Greise waren sehr freundlich zu ihm und Ottgar. Vor allem eine betagte Dame, die sich als seine Urgroßtante herausstellte, war wohlwollend ihm gegenüber.

„Besuch mich bei Gelegenheit und berichte mir von Salawin und Bunduar", forderte sie ihn auf und Rowan tat ihr den Gefallen. Wenn er müde vom Studieren war, suchte er sie auf und unterhielt sich mit ihr. Sie erzählte ihm von seiner Großmutter, seinen Urgroßeltern und deren Eltern.

„Deine Urgroßmutter war dreiundzwanzig Jahre älter als ich, deine Großmutter nur ein Jahr jünger, daher lebe ich noch", sagte sie und zwinkerte ihm zu.

Rowan grinste. Er hatte schon davon gehört, dass die Familie als recht langlebig galt. Doch er hatte immer gedacht, das gelte für den Teil aus dem Magierreich.

Ein anderes Mal berichtete sie von Urgroßmutter Jambin. „Sie war wunderschön, aber ihre Stimme übertraf alles. Einmal besuchten deine Urgroßeltern die Greifenburg, da war ich ein kleines Mädchen. Später wurde ich für eine Weile an den Hof auf Wanroe geschickt und war ihre Hofdame, da war sie bereits sehr alt." Sie schilderte das damalige Leben und erzählte von der großen Liebe des Königspaars.

„Wie kam es zu der Verfolgung der Hexen und Magier?", fragte Rowan. Bei niemanden sonst hätte er sich getraut zu fragen. Nur zu der greisen Dame hatte er genug Vertrauen.

„Unseligerweise herrscht in der Regentenfamilie, seit mein Neffe König Manrax gekrönt wurde, Uneinigkeit. Er hatte seine Kinder unglücklich verheiratet und die Schwiegertöchter verstanden sich nicht. Lug und Trug waltete, statt Zusammenhalt." Sie schwieg bekümmert. „Deshalb gelang es einigen Beratern, den Magiern die Schuld für eine Missernte und die darauffolgende Seuche in die Schuhe zu schieben. Damals kamen sehr viele Landeskinder um, auch zwei Söhne von Manrax mit ihren Familien starben. Voller Hass ließ er Zauberer gefangen nehmen, foltern und hinrichten. Den wenigsten gelang die Flucht in die Nachbarländer. Erst nachdem er hingeschieden war und sein Sohn Hroal König wurde, ist es wieder besser geworden. Das lag hauptsächlich daran, dass es nur wenige magiebegabte Menschen im Ostreich gab. Seitdem Kustin den Thron bestiegen hat, holt er vermehrt Magier und Hexen zurück und versucht, ein vertrauensvolles Verhältnis zum Magierreich aufzubauen."

In einem anderen Gespräch fragte Rowan sie nach den Trollen aus. „Mein Bruder achtete sehr darauf, die Trolle nicht zu ärgern, doch Manrax lachte ihn deswegen aus und hielt es für Aberglaube."

„Aber die Überlieferungen stehen in den Büchern",

wunderte sich Rowan.

„Ich weiß, einer der Großneffen hat die alten Erzgruben entdeckt und möchte sie erneut ausbeuten. Herzog Siranin unterstützte ihn dabei. Seine Frau stammt ebenfalls, wie die meines jüngeren Neffen, aus Llyllia. Die beiden Frauen sind befreundet und hetzten ihre Männer auf, die Erzgewinnung voranzutreiben, da sie außerordentlich einträglich ist."

Rowan schwieg bedrückt.

Bei nächster Gelegenheit warnte er Ottgar. „Die beiden königlichen Brüder sind entzweit, auch wenn nach außen der Schein gewahrt wird. Sei bloß vorsichtig, dass du nicht zwischen die Fronten gerätst."

„Und was schlägst du vor?"

„Halte dich mit verletzenden oder zweifelnden Äußerungen zurück und ergreife niemals für eine Partei Stellung."

Ottgar versprach es. Obwohl Rowan sich um den Freund sorgte, war er froh, nur wenig mit dem Königshaus zu tun zu haben. Bei Wudon war er in Sicherheit. Wusste Wilhar nichts von den Problemen? Oder wollte er Ottgar auf diese Weise auf seine diplomatischen Aufgaben vorbereiten?

Ein weiterer interessanter Verwandter war der weise Vlorit. Der alte Mann saß am liebsten vor dem Feuer, weil er immer fror. Er war einst der Waffenmeister der Herrscher gewesen. Drei Königen hatte er gedient und besaß einen Ehrenplatz an der Tafel. Vlorit war ein Großvetter von Bunduar. Die Jünglinge hielten sich oft an seiner Seite auf und lauschten gespannt seinen

Erzählungen von den großen Schlachten. Rowan setzte sich häufig am Vormittag neben ihn, wenn die anderen draußen übten, und ließ sich von ihm Kriegstaktiken erklären.

„Wie habt ihr die Knappen ausgebildet?", erkundigte er sich.

„Sie mussten viel üben, täglich laufen, reiten, kämpfen. Zusätzlich erhielten sie auch Unterricht in Taktik und Geschichte. Schließlich müssen sie wissen, vor wem sie sich in Acht nehmen müssen. Von den erfahrenen Kämpen lernt man, wie sie ihre Gefechte gewonnen und verloren haben und kann es dann besser machen oder nachahmen."

Rowan nickte. Die Stunden mit Vlorit waren Lehrstunden. Seit er auf Burg Wanroe bei Peruan Kriegsstrategien gelernt hatte, hatte er nie wieder solchen Unterricht erhalten. Er wies Ottgar darauf hin und dieser fragte den Alten danach gleichfalls aus.

„Du hast recht. Ich glaube, Peruan ist bei ihm in der Lehre gewesen", meinte er hinterher. Tatsächlich erzählte Vlorit eines Tages, wie Peruan am Hofe als Knappe gelebt hatte.

„Das wusste ich gar nicht", erklärte Ottgar. „Ich dachte, er wäre im Sumpfland gewesen."

„So hat es immer geheißen", stimmte Rowan ihm zu. „Bestimmt sind unsere Eltern und Großeltern ebenfalls an verschiedenen Königshöfen erzogen worden."

Wudon machte mit Rowans Hilfe eine Bestandsaufnahme der Burgapotheke. Viele Mittel waren aufgebraucht und die beiden fingen an, das Fehlende zu ersetzen.

„Wir gehen morgen in den Wald und suchen Kräuter", sagte Wudon eines Abends.

„Ist es nicht zu früh im Jahr?" Rowan war überrascht. Bunduar hatte seine Pflanzen überwiegend im späten Frühling und Sommer gesammelt. Nur Pilze und einige Früchte gab es erst im Herbst. Hildrun in Llyllia sammelte allerdings im Spätherbst die wichtigsten Heilpflanzen.

„Es gibt nur wenige Kräuter, die müssen jedoch gleich nach dem Winter gesucht werden. Der Elfenfarn und die Feenkerzen werden sofort nach dem Austreiben gepflückt, später werden sie giftig. Sie wachsen nur in diesen Bergen, daher komme ich im Frühjahr immer hierher", erklärte Wudon, als ob er Rowans Gedanken gelesen hätte.

Als sich Wudon am folgenden Morgen fast lautlos von dem Strohlager erhob, wachte Rowan auf und stand ebenfalls auf. Sie nahmen mehrere Jutesäcke mit, dann gingen sie zum „Fuchsloch" und schlüpften durch den kleinen Notausgang der Burg. Es war ein frostiger Frühlingsmorgen. Deshalb zog Rowan seinen Umhang dichter an den Körper.

Am Fuße des Burgbergs schauten sie nach den Maultieren, die Wudon bei einem Bauern untergestellt hatte.

Bevor Rowan begann, die Tiere aufzuzäumen, wich Wudon von seiner ursprünglichen Absicht ab. „Wir lassen sie lieber hier."

Der Bauer war inzwischen aufgewacht, nun kam er zu ihnen heraus, bat sie herein und sie erhielten von der

Bäuerin Getreidebrei zum Frühstück.

„Euer junger Helfer ist ein großer Heiler, er hat meine Kuh gerettet. Ich dachte schon, dass sie stirbt, aber er hat sie behandelt und gesund gemacht", lobte der Bauer Rowan.

Die Kuh hatte eine Euterentzündung gehabt, die er dank Bunduars Heilmittels schnell behandeln konnte. Danach hatte es sich herumgesprochen und weitere Dörfler waren gekommen und hatten ihn um Hilfe gebeten.

„Falls in der Gegend die Klauenseuche auftritt, dann ruft uns sofort. Wir können sie jetzt erfolgreich behandeln."

Der Bauer begleitete sie noch bis in den Wald, da er mit dem Sohn und der Tochter Holz sammeln wollte.

„Seid vorsichtig, mein Nachbar hat vorgestern einen Troll gesehen", warnte er sie zum Abschied.

Rowan fühlte sich mulmig. Er sah Wudon an, aber der ließ sich keine Angst anmerken. Außer einem Messer hatte Rowan keine Waffe mit, allerdings würden ihre Waffen gegen einen Troll auch nichts nutzen. Schließlich waren sie erheblich größer und kräftiger als Menschen. Er hoffte, dass der Meister gut mit ihnen stand.

Leise liefen sie durch das Gehölz. Unter den Bäumen blühten Frühlingsblumen. Sie befanden sich schon ein Stück oberhalb der Burg, daher war die Natur hier noch nicht so weit fortgeschritten wie im Tal. Wudon wanderte zielstrebig bergauf. Auf einer Lichtung hielt er kurz an. Noch immer war es dunkel.

„Wir müssen einen Augenblick warten, bis die Sonne

hervorkommt", sagte er und ließ sich auf einen umgefallenen Baumstamm nieder. Rowan setzte sich neben ihn und holte den Vorrat aus seinem Sack.

Wudon murmelte ein Gebet und brach einen Kanten Brot ab, den er in den Wald warf. Rowan tat es ihm mit dem Käse nach. Danach nahmen sie selbst Brot und Käse und aßen. Inzwischen dämmerte es und die Vögel zwitscherten verhalten. Noch waren nicht alle von ihnen aus dem Süden zurückgekehrt. Ein Reh trat aus dem Wald, schaute sich um und begann zu äsen. Rowan freute sich, dass das Tier so zutraulich war. Als die Sonne so hoch stand, dass es hinlänglich hell war, erhoben sie sich. Erschrocken flüchtete das Reh mit großen Sätzen.

Suchend schritt Wudon langsam den Waldrand ab. „Hier", flüsterte er und wies auf eine zarte Pflanze. „Elfenfarn. Bald nimmt er eine dunkelgrüne Farbe an, dann wird er ungenießbar. Die Wirkstoffe enthält er erst kurz vorher." Er bückte sich und grub mit einem Messer den Wurzelstock aus. „Ich nehme nur eine Pflanze, damit genug nachwachsen kann", erklärte er Rowan. Der nickte. Sein Großvater handhabe es genauso.

Nachdem sie den Farn in einem Jutesack verstaut hatten, wanderten sie weiter. Es ging immer tiefer in den Forst hinein. Rowan fühlte sich unwohl. Der Wald war dunkel und wirkte undurchdringlich, aber das kannte er von daheim. Dieser wirkte jedoch bedrohlich, es herrschte eine dunkle Macht.

Unauffällig beobachtete er Wudon, der schien nichts zu spüren oder ließ er sich nichts anmerken?

„Meister?", wisperte Rowan.

Wudon legte einen Finger auf den Mund und schlich

vorwärts. Rowan strengte Augen und Ohren an, um alles wahrzunehmen. Dabei achtete er darauf, so lautlos wie möglich zu laufen.

Endlich erreichten sie eine Felswand, vor der eine Quelle aus dem Boden trat. Hier setzte sich Wudon auf einen Stein und versenkte sich in sein Inneres.

Rowan schaute sich um. Obwohl er sich bedroht fühlte, konnte er keine Gefahr erkennen. Also ließ er sich ebenfalls nieder und richtete seine Aufmerksamkeit nach innen. Er hörte ein paar Geister streiten, so etwas hatte er noch nie erlebt. Normalerweise behandelten sie einander freundlich. Er blickte in das Wasser. Das Gesicht einer alten Frau erschien an der Oberfläche.

„Scher dich zum Dämon. Du hast hier nichts zu suchen", fluchte sie.

„Wir kommen in Freundschaft. Wir tun dir nichts und wir gehen bald wieder", suchte Rowan sie zu beruhigen. Doch die Alte war schon verschwunden. Rowan probierte es erneut. Diesmal rief er den Felsengeist an.

Das faltige Antlitz eines Mannes wurde sichtbar. Er sah müde aus.

„Bring dich in Sicherheit. Hier herrscht Zank und Neid", murmelte er.

„Was bedroht mich?", fragte Rowan.

„Die Trolle. Sie wollen die alten Bergwerke der Zwerge eröffnen."

„Sind sie in der Nähe?" Rowan hielt den Atem an.

„Ja, seht euch vor. Sie töten alle Menschen. Sie wollen ihr Land für sich zurückerobern."

Rowan bedankte sich und kehrte in die Gegenwart zurück. Wudon saß noch immer ganz versunken da.

Daher bemühte Rowan sich, seine Sinne zu schärfen. Nein, hier waren keine Trolle. Ungeachtet dessen mussten sie aufpassen, damit sie diesen Ort rechtzeitig verließen, bevor welche auftauchten.

Endlich wachte Wudon aus seiner Entrückung auf. „Wir müssen die Feenkerzen sammeln", brummelte er. Mit großen Schritten eilte er durch den Wald, nahm keine Rücksicht mehr sich lautlos zu bewegen. Er hastete so schnell, dass Rowan sich anstrengen musste, um mitzuhalten. Sie liefen an einem Stolleneingang vorbei. Rowan wurde mulmig zumute. Bestimmt waren Zwerge und Trolle im Umkreis. Warum versuchte Wudon nicht, sich mit ihnen zu verständigen und sie friedlich zu stimmen? Sie würden das Eindringen in ihr Gebiet sicher nicht gutheißen und sie angreifen.

Schließlich standen sie oben auf dem Berg. Trotzdem war es dunkel, da hier dichter Tannenwald wuchs.

Wudon winkte ihm und Rowan trat nahe an ihn heran. „Da, Feenkerzen wachsen an den finstersten Stellen, aber bei Vollmond und bei Sonnenschein an einem kalten Frühlingstag leuchten sie und man kann sie erkennen." Er wies auf eine hochgewachsene Pflanze mit zarten Blättern und einer länglichen Blütendolde, die gelblich schimmerte.

Sie sammelten eine große Menge des Krauts ein, dabei sang Wudon ein Lied über die Feen und ihre Wunderpflanze. Im Text wurde aufgezählt, wofür die Heilpflanze gut war. Rowan hatte das Lied bereits auf Greifenburg geübt und stimmte mit seiner klaren Stimme ein.

„Lauter", forderte Wudon ihn auf.

Rowan sah seinen Meister verwundert an. Mussten sie die Feinde mit aller Macht auf sich aufmerksam machen? Trotz seiner Zweifel befolgte er Wudons Anweisung und sang laut und deutlich sämtliche Strophen, während Wudon auf einer Schale Öl verbrannte. Ein betörender Duft verbreitete sich und Rowan hörte die Feen trillern und lachen. Als er genauer hinsah, erkannte er, wie sie in ihren hellen Kleidern um die Tannen tanzten. Daher sang er noch ein Feenlied, das ihm seine Mutter beigebracht hatte.

„Wir werden die Trolle ablenken, geht diesen Pfad hinab." Die Feenkönigin, erkennbar an ihrem Blütenkranz auf den langen blonden Haaren, zeigte auf einen schmalen Steig, der steil den Hang hinabführte. Als Waldfee war sie größer als ihre Verwandten, die Blumenfeen, und reichte den beiden bis an die Knie. Wudon dankte ihr, schulterte den Beutel und kletterte den Weg hinab.

Rowan folgte ihm. Immer wieder hielt er sich an Bäumen fest oder krallte sich in den Boden, um nicht abzustürzen. Erst hörten sie die Feen kichern und singen, plötzlich verstummten sie. Der Boden wurde erschüttert. Zuerst dachte Rowan, die Erde würde beben. Im Norden von Llyllia hatte er einst einen Erdstoß erlebt, doch dann spürte er das Gleichmaß von Schritten. Mehrere Trolle verfolgten sie. Bald stürzten Steine den Weg hinunter und sie mussten Acht geben, nicht von ihnen getroffen zu werden.

„Schneller", befahl Wudon und hetzte weiter. Rowan eilte ihm rutschend und schlitternd hinterher.

Endlich standen sie am Fuße der Felswand mit der

Quelle.

Wudon warf eine Feenkerze ins Wasser. „Quellgeist hilf uns", murmelte er eindringlich.

Das verdrossene Gesicht der Greisin erschien. „Warum ärgerst du die Trolle, selbst schuld."

Rowan überlegte einen Augenblick. „Ich bin ein Freund vom Geist des Wasserfalls beim heiligen Felsenkloster. Er hat mir schon mehrmals geholfen und gemeint, dass seine Freunde auch meine Freunde sind."

„Wer bist du, junger Spund?", fragte sie grollend.

„Ich bin Rowan, Sohn der Seherin Salawin und Enkel des Magiers Bunduar."

Sie schwieg eine Weile.

„Ich habe von dir gehört. Der Wasserfallgeist hat von dir erzählt. Geht, beeilt euch, lange kann ich sie nicht aufhalten."

Die beiden Magier rannten durch den inzwischen lichteren Wald. Als Rowan sich umsah, entdeckte er, dass der Weg hinter ihnen überschwemmt war. Der Quellgeist strengte sich mächtig für sie an.

Eine Weile stürmten sie weiter, ohne die lauten Schritte der Verfolger zu beachten. Dann tauchten in der Ferne an einer Wegkreuzung vor ihnen drei riesige Trolle auf. Sie hatten hüftlange, verfilzte Haare und Bärte. Ungelenk liefen sie auf die Magier zu.

„Und nun?", fragte Rowan.

Wudon wandte sich an einen alten Baum, der neben ihnen stand. „Ehrwürdiger Baumgeist, kannst du uns helfen?", bat er, ohne vorher Höflichkeiten auszutauschen.

„Tut mir leid, aber die Trolle sind zu groß und

mächtig."

„Kannst du andere Geister um Hilfe bitten?"

Unruhig schaute Rowan zu den Trollen, die langsam und unbeholfen näher kamen. Viel Zeit hatten sie nicht mehr.

Der Baumgeist schwieg und Rowan gab schon die Hoffnung auf, dass er ihnen zu Hilfe kommen würde, doch da fingen die Blätter zu brausen an. Die Zweige bogen sich wie im Sturm, dabei war es vollkommen windstill. Lichtblitze blendeten sie und ein feiner, hoher Gesang hob an. Rowan vernahm ihn kaum.

Aus Richtung der Trolle ertönten laute Schmerzensschreie. Rowan kniff die Augen zusammen und erkannte, dass die Trolle, für ihn nur schemenhaft erkennbar, sich mit den Händen an den Kopf griffen.

„Die Feen tanzen für uns", murmelte Wudon. Er griff nach Rowans Hand und zog ihn weiter. Vorsichtig tasteten sie sich mit ihren Füßen vorwärts. Rowan hielt sich an Wudons Schulter fest.

Endlich erschien eine zierliche Fee und nahm Wudons und Rowans Hände. „Ich soll euch aus dem Wald führen und euch den kürzesten Weg zeigen", flötete sie leise. „Da ich noch so klein und jung bin, darf ich sowieso nur zusehen, wie die Größeren die Trolle aufhalten."

Rowan verließ sich völlig auf das Feenkind, das sie achtsam um Bäume herum und dann einen zweiten steilen Abhang hinunterführte. Nach einer Weile hörte er Wasser rauschen.

„Wir sind am Mühlenbach, der kommt aus dem Wald und fließt Richtung Burg Eichenfels. Wenn ihr ihm folgt, seid ihr in Sicherheit. Er wird euch weiterhelfen." Mit einem Lächeln ließ es die beiden Magier los.

„Das habt ihr gut gemacht. Ihr habt unsere Leben gerettet", lobte Rowan, und Wudon langte in seinen Umhang und zog einen fingernagelgroßen, rot funkelnden Stein heraus. „Habt Dank. Deine Königin wird wissen, wie sie den Kristall gebrauchen kann."

Schweigend liefen die beiden Flüchtenden den Bach entlang. Direkt am Ufer führte ein Pfad zu einem Bauernhof.

„Können die Feen die Zukunft vorhersagen?", fragte Rowan schließlich neugierig.

„Nicht alle, doch die Feenkönigin kann es und sie hatte in der letzten Zeit Albträume und bat mich deshalb um einen Kristall."

Rowan dachte eine Weile nach. „Haben ihre Albträume dieselbe Ursache wie die Sorgen, die sich Bunduar macht?"

„Ich weiß es nicht, aber es kann sein. Eine große Gefahr bedroht uns alle. Und die Magier suchen Mitstreiter."

„Hm, mit den Trollen scheint es nicht zu gehen."

Wudon zog seine buschigen Augenbrauen zusammen. „Da es leider gierige Menschen gibt, die die Hellseher und die Magier verachten und ihre Warnungen deshalb nicht glauben, ist der alte Streit zwischen Trollen, Zwergen und Menschen wieder aufgebrochen. Ich fürchte, vom Ostland wird das Magierreich nur wenig Hilfe erwarten können. Die hiesige Königsfamilie ist mit ihren eigenen Problemen beschäftigt und kein zuverlässiger Verbündeter."

Rowan nickte. Das entsprach genau seinen

Beobachtungen der letzten Tage. Was war bloß aus dem mächtigen Ostreich geworden? Durch seine Erzvorkommen war es reich geworden. Es erstreckte sich von Llyllia im Norden bis zum Südreich, vom Magierreich im Westen bis zu den unbekannten Weiten im Osten. Rowan vermutete, dass sich das Reich in nicht allzu langer Zeit in mindestens zwei kleinere, unbedeutende Länder teilen würde. Ein Reich von König Kustin und ein Reich von Prinz Hrodwal, wahrscheinlich würden sich aber auch die machthungrigen Prinzen streiten und das Land in weitere Teilreiche zerstückeln.

Sie kehrten bei einem Bauern ein und baten um Essen. Die junge, hochschwangere Frau ließ sie Platz nehmen, füllte Schalen mit Getreidebrei, die sie ihnen reichte, und stellte einen Krug mit Wasser auf den Tisch.

„Ihr kommt aus dem Bergwald?", fragte sie.

„Ja, wir haben dort Kräuter gesammelt", erzählte Wudon.

„Und Ihr seid den Trollen entkommen? Mein Schwiegervater ist vor ein paar Wochen nicht mehr heimgekehrt, als er Bäume fällen wollte. Und meine Schwägerin ist vom Holzsammeln nicht zurückgekommen."

„Habt ihr sie gesucht?"

„Ja, aber es war vergeblich. Wir haben uns auch nicht weit in den Wald hineingetraut, da die Feen uns warnten."

„Ihr seht die Feen und könnt mit ihnen sprechen?"

Die junge Frau lief rot an. Zögernd antwortete sie. „Ein wenig."

„Ich bin Wudon, der Magier des Königs, mir kannst

du es erzählen."

Das Rot der Frau färbte sich noch dunkler. Schließlich flüsterte sie: „Ich stamme aus einer Hexenfamilie."

„Und du kannst heilen und zaubern?", bohrte er nach.

„Ein bisschen heilen ... und ... und ..." Sie stockte und schwieg.

„Krankheiten herbeizaubern."

Sie senkte den Blick.

„Solange du diese Macht nicht missbrauchst, ist es in Ordnung. Die Macht darf immer nur für gute Zwecke verwendet werden." Wudon sprach ernst und eindringlich. Es schien, als ob er ihre Gedanken lesen würde.

„Es hat nichts geholfen. Der Schwiegervater und die Schwägerin haben mir nicht geglaubt und sind trotz meiner Warnungen in den Wald gegangen." Ihre Stimme zitterte leise. Rowan fühlte ihre Verzweiflung.

Wudon nickte.

In der Ferne hörten sie dröhnende Schritte.

„Ihr habt die Trolle verärgert!", sagte sie vorwurfsvoll.

„Ja, wir haben, wie jedes Jahr, Kräuter gesammelt."

„Seit den letzten Wintertagen leben sie wieder im Wald. Wer weiß, wie lange wir den Hof noch behalten können. Wir wohnen zu sehr in ihrer Nähe." Inzwischen war es dunkel geworden und die beiden Männer nahmen die Einladung, in der Scheune zu übernachten, dankbar an.

Bevor Rowan sich hinlegte, ging er zum Bach und versuchte, mit dem Bachgeist in Verbindung zu gelangen.

Er versenkte sich, verbannte alle Gedanken und rief den Geist. Es dauerte, bis dieser aus den Tiefen des

Wassers auftauchte und ein junges, männliches Gesicht im Mondschein auf der Wasseroberfläche erkennbar war.

„Ich habe keine Zeit", erklärte er gleich, bevor Rowan ihn begrüßen konnte. „Die Feen haben mich um Hilfe gebeten. Da du ein Freund vom Elfenprinzen Sirii bist, helfe ich gern. Dazu muss ich die Trolle beobachten. Denn wenn ich zu früh oder an der falschen Stelle über das Ufer trete, schade ich den Menschen, die freundlich zu mir sind, wie diese Familie, bei der ihr schlaft."

„Ich danke dir, für deine Mithilfe. Ich fürchte, mit einer einmaligen Maßnahme ist es nicht getan, die Bauern brauchen deinen dauerhaften Schutz."

„Ich weiß, und ich werde ihn auch gewähren. Die Familie der Frau ist mir verbunden. Wir haben schon manches Unheil gemeinsam abgewendet." Einen kurzen Augenblick zögerte er noch, dann fuhr er fort: „Ich werde meinen Cousin um Unterstützung bitten."

Rowan dankte ihm und verabschiedete sich. Anschließend zog er einen Elfenkegel aus dem Beutel, entzündete ihn und stimmte das Elfenlied an. Bald darauf erschien Sirii.

„Na, hast du dich wieder in Gefahr gebracht?", meinte der Elfenprinz.

„Sieht so aus. Wir haben die Trolle geärgert."

„Und jetzt sollen wir helfen!", stellte Sirii fest.

Rowan grinste. „Es wäre gut, wenn ihr es tun würdet. Wudon und ich werden es unbeschadet nach Burg Eichenfels schaffen. Doch was wird aus dieser einfachen Familie?"

Sirii lachte. „So gewöhnlich sind die gar nicht. Die Bäuerin stammt aus einer angesehenen Hexenfamilie."

„Trotzdem konnte sie ihren Schwiegervater und ihre Schwägerin nicht schützen."

„Vielleicht wollte sie es nicht?", gab Sirii zu bedenken.

Rowan überlegte, er spürte der Begegnung nach. Nein, die Trauer und die Angst der Frau waren ehrlich.

„Ich vertraue ihr."

„Trolle mögen keine Büffelheide. Wenn die Bauern es um ihre Felder anpflanzen, hilft es ihnen."

„Danke!" Rowan staunte, wie leicht es manchmal war. Wieso wussten Wudon und die Hexe nichts von diesem Kraut?

Als ob Sirii seine Gedanken gelesen hätte, lachte er leise. „Das Mittel stammt aus dem Gebirge des Südreichs. Im Magierreich gibt es keine Trolle, daher kennst du es nicht."

„Und Wudon?"

„Die Trolle haben lange Zeit im Verborgenen gelebt, doch Herzog Siranin hat sie erst um Hilfe gerufen und anschließend geärgert, indem er ihr Erz abbauen wollte."

Nach dem Gespräch mit Sirii fühlte sich Rowan erheblich wohler. Der Elf hatte ihn häufig beschützt. Er war ein erfahrener Kämpfer, zudem stand ihm mehr Magie zur Verfügung als Rowan. Und er war nicht allein. Rowan kannte die anderen Elfen nicht, aber im Notfall waren immer eine Reihe Kameraden mit Sirii zu ihm geeilt.

Nachdem er zurückgekehrt war, schlief er schnell ein. Neben ihm schnarchte Wudon.

Mitten in der Nacht wachte Rowan von dröhnenden Schritten auf. Das war kein einzelner Troll, auch keine kleine Gruppe, das war ein richtiges Heer.

Sofort war er hellwach und saß aufrecht auf dem Stroh. Wudon war ebenfalls hochgeschreckt.

„Mal sehen, ob wir uns auf unseren Freund, den Bach, verlassen können", murmelte er. Tatsächlich wurden die Tritte leiser und unregelmäßiger, schließlich hörten sie völlig auf.

„Wahrscheinlich laufen sie in einem Bogen und kommen von der anderen Seite", meinte Rowan.

„Das ist nicht ganz so einfach. Der Bach ist sicher an der schmalen Stelle zwischen den Felsen über das Ufer getreten. Wenn sie nicht schwimmen wollen, müssen sie einen weiten Umweg nehmen."

„Wir sollten die Wirkung des Wassers verstärken", beschloss Rowan. Er trat vor die Hütte, da stand bereits die Bäuerin und lauschte gleichfalls.

„... falls es nicht nur ein überschwemmter Weg ist, sondern eine Sintflut", schlug er vor.

„Dann würden sie sich in die Berge zurückziehen." Die Hexe drehte sich um und holte aus dem Haus ein paar Kräuter.

Rowan hatte sich schon versenkt und suchte in Gedanken die Trolle. Mit Hilfe des Bachgeistes sah er, wie sie sich durch reißendes, hüfttiefes Wildwasser zurückkämpften. Er versuchte, ihnen einzugeben, dass ihnen das Wasser bis zum Hals reichte. Irgendwann wurde es leichter, ihnen etwas vorzugaukeln. Wudon war herangetreten und unterstützte seine Vorstellungskraft. Sie spürten die Panik der Trolle. Sobald sie festen Boden unter den Füßen fühlten, rannten sie schwerfällig heimwärts, dabei stießen sie sich gegenseitig um. Keiner half, wenn einer von ihnen hinfiel. Im Gegenteil, die

71

anderen trampelten über ihn hinweg und verletzten ihn so zusätzlich.

Zuerst grollte es in der Ferne, anschließend blitzte und donnerte es und ein Sturzregen begleitete das Gewitter. Die Trolle wurden jetzt auch von oben nass. Dazu sorgten Rowan und Wudon dafür, dass es ihnen so vorkam, als wären die Täler überschwemmt.

Als die Trolle in ihren Höhlen ankamen, trennte Rowan seinen Gedankenstrom zu ihnen und kehrte in die Gegenwart zurück. Er war klitschnass, die Haare klebten am Kopf. Der Wolkenbruch hatte inzwischen den Hof erreicht.

Die Hexe stand mit offenen Haaren neben ihnen, murmelte Zaubersprüche und streute immer wieder ein funkelndes Zauberpulver in den Wind.

„Ist der Hof gefährdet? Wird er vom Hochwasser fortgerissen werden?", fragte Rowan besorgt.

„Nein, er steht etwas höher. So hoch ist das Wasser hier noch nie gestiegen", antwortet Wudon.

Sie lauschten eine Weile, doch es blieb still.

Auch die Bäuerin wachte aus ihrer Entrückung auf. „Wir müssen uns aufwärmen", schlug sie vor.

Sie gingen in die Hütte und die Frau entfachte ein großes Feuer. Rowan holte ihre Umhänge aus der Scheune und dann zogen sie sich aus, wickelten sich in die Umhänge und trockneten die nasse Kleidung in der Nähe der Feuerstelle.

„Wir gehen zur Burg Eichenfels zurück. Die Trolle werden sie bestimmt nicht angreifen, zumal dort viele Ritter weilen. Was geschieht allerdings mit den Bauern?

Werden die Trolle sie bestrafen, weil sie uns geholfen haben?", fragte Rowan am nächsten Morgen den Meister, als sie ihre Sachen zusammenpackten.

Wudon murmelte etwas Undeutliches, bevor er lauter sagte: „Nein, die Frau kann sich selbst schützen. Sie hat schon einige Familienmitglieder zu Hilfe gerufen. Sie stammt aus dem mächtigsten Hexengeschlecht des Ostreiches."

„Und warum konnte sie dem Schwiegervater und der Schwägerin nicht helfen?"

„Die haben nicht auf sie gehört. Sie hat sie sicherlich gewarnt, aber es gab hier ewig keine Trolle mehr, dass ihr nicht geglaubt wurde."

Die Bauersleute waren vor Sonnenaufgang munter, der Brei war fertig, als die Magier die Stube betraten.

„Seht euch vor, die Trolle sind aufgebracht", warnte die Hexe.

Die beiden Männer nickten. „Büffelheide hilft gegen Trolle", empfahl Rowan. Wudon griff in seinen Beutel und zog einen kleinen Sack heraus, den öffnete er und schüttete der Bäuerin Samen in die Hand, einen Teil behielt er. „Vielleicht brauchen wir es später einmal. Säht es aus, am besten ist eine dichte Hecke um euer Land, dann seid ihr geschützt."

„Und wenn wir auf dem Markt gehen oder Holz sammeln müssen?", warf der Bauer ein. Er zog die Brauen zusammen.

„Frag deine Frau, die wird dir den richtigen Zeitpunkt nennen, an denen die Trolle mit anderen Dingen beschäftigt sind. Sobald sie mitbekommen haben, dass ihr kein Erz abbaut und nicht Krieg gegen sie führt, werden sie euch in Ruhe lassen."

Mit diesem Abschiedsgeschenk brachen die Magier auf, um noch bei Tageslicht die Festung zu erreichen.

6.

Zurück auf Burg Eichenfels freute Ottgar sich, seinen Freund wiederzuhaben. Wudon erlaubte Rowan, sich mit den Knappen gemeinsam in der Waffenkunst zu üben. Außerdem war Rowan stolz, dass der König ihm gestattete, den unbändigen Braunen zu reiten. Mit jedem Tag wurde das Tier zutraulicher. Nachdem es Vertrauen gefasst hatte, lernte es schnell und wurde ein zuverlässiger Partner für Rowan. Es tat ihm leid, das Ross nicht behalten zu dürfen. Er ritt es zu, schulte es, aber der älteste Prinz würde es einst in Turnieren und Schlachten reiten.

König Kustin beobachtete, wie sie auf der Brache vor dem Tor übten. In einer Pause besuchte er sie und sprach Rowan an. „Der Hengst macht sich sehr gut. Ich hatte schon befürchtet, dass er nicht als Schlachtross taugt."

„Er ist noch zu jung und ungestüm, Ihr müsst Geduld haben. In einigen Jahre wird er ein ausgezeichnetes Kampfross werden und seinen Krieger treu durch alle Gefahren tragen."

„Wenn Bunduar es zuließe, würde ich dich gern als Stallmeister beschäftigen. Ich kenne niemanden, der so gut mit Pferden umgehen kann."

Rowan lachte. „Eure Stallknechte sind hervorragende Pferdekenner. Und auch Ritter Ludah hat ein wunderbares Gespür für Pferde."

„Und meine Söhne?", fragte der König.

Rowan hob die Hände. „Ich habe wenig mit ihnen zu tun, ich kann es nicht beurteilen. Sie sitzen tadellos im Sattel. Prinz Chuldlin verwächst nahezu mit seiner Stute."

König Kustin machte ein finsteres Gesicht. „Ich werde ihnen empfehlen, dass sie deine Nähe suchen sollen, damit sie von dir lernen."

Rowan schüttelte den Kopf. „Ich bin hier nicht angesehen, Eure Adligen lachen über den kleinen Magier und seinen angeblich so berühmten Großvater."

„Dann wird es Zeit, sie eines Besseren zu lehren", sagte Kustin ernst.

Er hielt Wort. Schon am nächsten Tag sprach Chuldlin Rowan an. „Reitknecht Sick ist unzufrieden, wie ich mit der Fuchsstute die Turniere reite. Angeblich kannst du mir einen Ratschlag geben."

Rowan überhörte die unhöfliche Anrede, stattdessen überlegte er einen Augenblick, um besonnen zu antworten: „Ich schaue es mir an. Wenn ich etwas entdecke, sage ich es Euch."

Chuldlin verwuchs wie erwartet mit dem Tier. Er war einer der besten Reiter unter den jungen Männern, trotzdem scheute seine Stute immer an der gleichen Stelle. Der drehende Roland, eine bewegliche Übungspuppe, machte sie nervös. Und auch Zuschauer lenkten sie ab.

„Weißt du, woran es liegt?", fragte Chuldlin und schaute Rowan gespannt an.

„Wahrscheinlich hat Euer Reitknecht es bereits gesehen. Ihr reitet hervorragend. Aber der Fuchs ist aufgeregt. In einer Schlacht kann das Euer Tod sein." Er sann nach, dann fuhr er vorsichtig fort: „Habt Ihr es mit Scheuklappen versucht?"

Chuldlin nickte. „Es hat nicht geholfen."

„Wir müssen sie an den Roland gewöhnen", meinte Rowan. Sie brachten die Strohpuppe in einen Pferch und ließen das Tier frei laufen. Rowan näherte sich ihm, tätschelte es und sprach mit ihm. Anschließend wandte er sich ab und schlenderte durch die Koppel. Die Stute folgte ihm. Er ging am Zaun entlang, zum Schluss trat er an die Übungspuppe heran. Das Pferd lief entspannt hinter ihm her. Schließlich stieß er die Puppe an, sodass sie sich drehte. Die Stute setzte ein paar Schritte zur Seite, folgte ihm dann weiterhin. So streiften sie durch den Pferch. Mal für Mal ließ Rowan den Roland drehen und die Stute wich aus, mit der Zeit wurde der Abstand zur Puppe immer geringer. Nach einer Weile verließ Rowan die Koppel und ließ das Tier allein.

„Das soll helfen?", fragte Prinz Chuldlin argwöhnisch.

„Ich hoffe es", erklärte Rowan. Sie zogen sich zurück und beobachteten das Pferd. Sie mussten sich gedulden, bis es sich neugierig der Puppe näherte und sie anstupste. Erschrocken machte der Fuchs einen Satz rückwärts, als sich die Strohpuppe bewegte.

„Ihr braucht Beharrlichkeit. Mit der Zeit wird sie sich daran gewöhnen", meinte Rowan.

„Und die Zuschauer?"

„Mit denen müsst Ihr sie genauso vertraut machen. Aber es wird sich lohnen. Das Tier ist gelehrig und ehrlich."

Chuldlin nickte. „Ja, das beste Pferd, das ich jemals

hatte."

„Dann seid hartnäckig, es lohnt sich."

Von dem Tage an verstand sich Rowan gut mit Prinz Chuldlin. Er gab Tipps, der Stute die Schreckhaftigkeit abzugewöhnen, lobte die Reitkünste und ließ sich das Lanzenstechen zeigen.

„Es wurmt mich, dass du mit dem Braunen so gut umgehen kannst, den weder mein Bruder noch ich reiten konnten."

Rowan lächelte. „Lasst uns Magiern ein paar Dinge besser können."

Chuldlin lachte. „Magier sind bei uns nicht so angesehen."

„Dabei pflegt Ihr doch freundschaftliche Beziehungen zu meiner Heimat", gab Rowan zu bedenken.

„Das Magierreich ist mächtig, das können wir nicht übergehen. Außerdem sind wir miteinander verwandt, helfen uns in Notsituationen, kämpfen gemeinsam gegen Feinde. Vor zwei Generationen meinte ein Magier, eine Hungersnot mit Zauberei zu beenden. Dummerweise hörte mein Großvater auf ihn, statt Getreide im Süden zu kaufen. Zahlreiche Untertanen verhungerten damals. Seitdem halten wir die Magier für Scharlatane."

„Es gibt Schwindler, die sich für Magier ausgeben, und es gibt Magier, die nicht so begabt sind, die sich vielleicht auch überschätzen. Und dann gibt es welche, die sehr fähig sind. Wudon ist ein guter Meister, sonst hätte Bunduar mich nicht zu ihm in die Lehre geschickt."

Chuldlin nickte. „Du bleibst jedoch nur kurze Zeit bei ihm."

„Irgendwann werde ich weiterziehen, um das Wissen

anderer Großmeister zu erwerben. Mein Großvater selbst sagte, er könne mir nichts mehr beibringen und ich solle woanders lernen."

Mit Prinz Ranin war es schwieriger. Obwohl sich Chuldlin bemühte zu vermitteln, zeigte Ranin Rowan die kalte Schulter und der junge Magier versuchte nicht, den Prinzen von seiner Begabung zu überzeugen.

Dafür fragte Prinzessin Talin ihn eines Tages, ob er ihr Flötenunterricht geben könnte.

„Ich habe gehört, dass du als Spielmann herumziehen könntest, wenn du wolltest."

Rowan lachte. „Ich singe ein bisschen und spiele Flöte, ja, aber ich habe selten Gelegenheit dazu."

„Hast du eine Medizin gegen die Klauenseuche gefunden?"

Rowan nickte. „Ja, das Mittel hilft. Wir haben die Hinweise in den alten Aufzeichnungen entdeckt."

Sie setzten sich auf den Stein vor den Ziehbrunnen und Rowan sang ein überliefertes ostianisches Lied.

„Das kenne ich gar nicht", staunte die Prinzessin.

„Meine Mutter hat es mir beigebracht. Ebenso wie die Sprache. Allerdings wird auch an Wilhars Königshof viel Ostianisch gesprochen, da die Königin ihre Getreuen mitgebracht hat." Rowan trug zwei weitere altüberkommene Balladen vor und Prinzessin Talin lernte sie rasch. Danach holte sie ihre Flöte und Rowan hörte ihr zu und verbesserte ihre Atemtechnik. Sie vereinbarten, sich jeden Tag gleich nach dem Frühstück am Brunnen zu treffen und zu üben.

7.

Bald darauf zog Wudon mit Rowan zum Kloster Eichenborn. Er benötigte Kräuter, die die Mönche anpflanzten, und wollte sich bei Bruder Zietwa und Bruder Micho zusätzliches Wissen aneignen.

Schon von weitem konnten sie das Gebäude sehen. Hoch oben auf einem Berg stand es wie eine trutzige Burg. Rowan war überrascht, wie klein dieses weithin berühmte Kloster war, von dem sein Großvater so oft gesprochen hatte. Es gab nur knapp zwanzig Ordensmänner, die hinter einer hohen Klostermauer in einem Turm, ähnlich einem Bergfried, lebten. Dabei täuschte er sich. Das Klostergebäude war erheblich großzügiger, als es von außen schien. Jeder Mönch hatte sogar eine eigene Zelle und auch für Gäste gab es mehrere Gastzellen.

„Wir haben häufig Besucher, die länger bleiben. Viele Priester und Magier suchen uns auf, um hier Heilkunde und die Kunst des tiefen, inneren Versenkens zu erlernen. Wir freuen uns, da sie uns ihrerseits neue Erkenntnisse vermitteln", erklärte Prior Anuwah, nachdem er Rowans Verwunderung bemerkt hatte.

Das Refektorium, der Speisesaal des Klosters, reichte ebenfalls für etliche Besucher, besonders gefiel Rowan aber die gut ausgestattete Bibliothek. Ihr Bestand war bedeutend größer als der auf Wanroe.

„Wenn du nach deinen Unterrichtsstunden Zeit hast, darfst du hier gern lesen", sagte der Prior. Er lächelte, als Rowan sich von den Buchrücken abwandte, weil er sich ertappt fühlte.

Die beiden Magier bekamen zu zweit eine Kammer

zugewiesen. Anschließend fand ein Mittagsgottesdienst mit Gebeten und Gesang statt, danach wurde im Speisesaal ein einfacher Eintopf mit Gemüse und Kräutern gereicht.

„Bruder Zietwa wird dich morgens in Kräuterkunde unterweisen und Bruder Micho wird dich vor der Mittagsandacht mit der Geisterwelt vertraut machen. Ich selbst werde dich nach dem Mittagessen in der Kunst der Versenkung einweisen", teilte Anuwah mit, als die Tafel aufgehoben wurde und alle zu ihrer Arbeit strebten.

Die folgenden Tage lernte Rowan vom frühen Morgen bis weit in den Abend hinein. Sie standen lange vor Sonnenaufgang auf, trafen sich mit den Bewohnern des Klosters im kleinen Hof hinter dem Gebäude und hielten eine Morgenandacht ab. Darauf ging Rowan mit Zietwa in das Hospital des Klosters, das auch eine Apotheke enthielt. Von weither reisten Kranke an, um sich hier behandeln zu lassen. Sogar die königliche Familie nahm die heilkundigen Fähigkeiten der Mönche in Anspruch.

Zietwa zeigte Rowan die Heilkräuterbestände, ließ ihn die getrockneten Kräuter bestimmen, lehrte ihn Tinkturen und Salben anzurühren und Tees zu mischen. Viele kannte Rowan bereits von seinem Großvater oder den anderen Lehrern. Einiges war jedoch neu, von manchen Pflanzen erfuhr er zusätzliche Anwendungsmöglichkeiten. Wie Bunduar beherrschte Zietwa für jede Krankheit ein besonderes Heil-Lied. Außerdem wurde die Zubereitung der Medikamente in Liedern überliefert.

Obwohl Rowan geübt war, sich unbekanntes Wissen

und neue Lieder anzueignen, musste er sich anstrengen, alles zu behalten. Schnell erkannte er, dass Wudons Kenntnisse aus diesem Kloster stammten. Nach der Heilkräuterstunde gingen sie ins Refektorium zum Frühstück. Es folgte die Pflege des Kräutergartens, denn die meisten Heilkräuter pflanzten die Mönche selbst an, statt sie in der Natur zu sammeln. Hier musste Rowan das Gärtnern lernen, damit sie gut gediehen.

Anschließend wandelten sie im Hof und Zietwa fragte Rowan ab. Schon wartete Bruder Micho auf Rowan. Während Rowan dem betagten Mönch bergauf in den Wald folgte, bemerkte er, wie Zietwa mit Wudon sprach und sie gemeinsam die Kräuter begutachteten.

Micho erkundigte sich nach Rowans Beziehung zu den Naturgeistern. „Mein Großvater hat mich angewiesen, stets freundlich und höflich zu den Geistern zu sein. Ich bitte sie um Erlaubnis, bevor ich ihr Gebiet betrete, oder um Hilfe, wenn ich in Gefahr bin. Viele Geister sind sehr entgegenkommend. Die Feen sind liebenswürdig und hilfsbereit. Mit den Elfen habe ich über den Elfenprinzen Sirii Verbindung.

Vor einer alten Berglinde hielt Micho an und bedeutete seinem Schüler mit einer Handbewegung, sich zu setzen und mit dem Baumgeist zu sprechen.

Rowan nickte, ließ sich nieder und sammelte sich. Erst als er ganz ruhig geworden war, suchte er in Gedanken den Lindengeist. Dieser schien ihn erwartet zu haben, denn rasch ließ sich ein faltiges Männergesicht mit wallenden grauen Haaren und langem Bart in der untersten Astgabel sehen.

„Geehrter Baumgeist, ich freue mich, deine

Bekanntschaft zu machen", begrüßte Rowan ihn gut erzogen. „Leben hier alle Wesen in Eintracht und Frieden?"

„Die meisten schon, aber immer wieder gibt es Störenfriede, die nur an sich denken. Die Trolle dringen erneut vor und bereiten uns Bäumen Sorgen. Weder können wir uns gegen sie wehren noch können uns die Mönche aus dem Kloster schützen. Wer weiß, wie lange sie sich selbst verteidigen können."

Rowan wusste auch keinen Rat, daher bedankte er sich nur für das Gespräch und kehrte in die Menschenwelt zurück. Als er aus der Versenkung aufwachte, fühlte er sich beobachtet. Er drehte den Kopf. Micho schaute ihn nachdenklich an.

„Ich glaube nicht, dass ich dir etwas Neues beibringen kann. Großmagier Bunduar beherrscht die Kunst, Freundschaft mit Naturgeistern, Feen und Elfen zu schließen viel besser als ich."

Rowan senkte beschämt den Kopf. „Ich war ein Kind, als ich unsere Hütte bei Wanroe verließ. Sicher hat mir mein Großvater nicht alles beigebracht, was er verstand."

Micho lächelte. „Wir werden in den nächsten Tagen weiter im Gebirge herumziehen und mit anderen Geistern Verbindung aufnehmen."

Auf dem Rückweg fragte Rowan ihn aus. Obwohl die Mönche der Königsfamilie im Krankheitsfall beistanden, herrschte kein herzliches Verhältnis zwischen ihnen.

„Seit drei Generationen verleugnen die Adligen die übersinnlichen Kräfte. Am schlimmsten haben die Magier und Hexen gelitten, aber selbst Heiler und Hebammen wurden verhöhnt, manchmal sogar festgenommen und gefoltert. Das Kloster Eichenborn blieb davon verschont, weil wir so abgelegen liegen. Niemand machte sich die Mühe, die Berge hinaufzuklettern, um uns gefangen zu nehmen."

Rowan schüttelte den Kopf. „Ottgars Mutter und meine eigene Großmutter stammen beide aus dem Ostreich, warum heirateten sie ins Magierreich, wenn sie uns ablehnen?"

„Wilanin lebte zu einer Zeit, als Magier und Priester noch angesehen waren. Und Königin Narfin wurde aus politischen Gründen mit König Wilhar verheiratet. Schließlich ist das Magierreich ein sehr großes und mächtiges Land, dazu ist es der direkte Nachbar, mit dem man sich gutstellen muss. Auch als Verbündeter ist so ein bedeutendes Reich hilfreich."

Rowan nickte, so ähnlich hatte er es längst vermutet.

Sie kamen pünktlich zum Gottesdienst zurück. Gleich nach dem Mittagessen winkte der Prior Rowan, ihm zu folgen und unterwies ihn in den folgenden Stunden in der Kunst, der inneren Ruhe und Versammlung.

So ging es die nächsten Tage und Wochen weiter. Rowan lernte sämtliche Heilpflanzen der Umgebung mit ihren Anwendungen kennen und half Zietwa bei der Behandlung der Kranken.

Mit Micho erkundete er das Umland des Klosters, schloss Freundschaften mit den wichtigsten Naturgeistern der Gegend, erfuhr ihre Eigenarten und lauschte der Natur.

„Höre genau hin, dann erkennst du Gefahren rechtzeitig", ermahnte ihn Micho mehrmals.

Rowan wunderte sich. Lebten die Mönche nicht in

Frieden mit ihrer Umwelt und deren Bewohnern? Micho erzählte ihm allerlei von den Zwergen und Trollen. Von ihrer Lebensweise.

„Woher wisst Ihr so viel über sie, wenn sie die Menschen scheuen, sie gar als Feinde betrachten?", fragte Rowan.

„Die alten Chroniken berichten ausführlich darüber. Manches ist mündlich überliefert und eine Reihe Lieder handeln von ihnen." Er zögerte einen Augenblick, bevor er fortfuhr: „Wir hatten eine bekannte Hexenfamilie während der Verfolgung im Kloster versteckt. Die haben uns etliches über sich sowie über die Zwerge und Trolle mitgeteilt. Früher waren sie Verbündete."

Rowan schwieg wie meistens. Er musste in Ruhe über alles nachdenken. Momentan stürmte so viel Neues auf ihn ein.

„Du bist jetzt so fortgeschritten, dass wir die nächsten Übungen machen können", erklärte Anuwah nach einigen Wochen. „Der Oberpriester des Ostreichs besucht uns demnächst. Er wird dich weihen und dir den Schwur abnehmen, dass du dein Wissen nicht missbrauchen darfst."

Rowan nickte erstaunt. Bunduar hatte ihn stets ermahnt, nur auf der hellen Seite zu stehen, mit seinen Fähigkeiten Gutes zu tun und niemandem zu schaden. Vermutlich hätte er Rowan nicht weiter unterrichtet, wenn der seine magische Begabung missbraucht hätte. Aber er hatte nie einen Eid von Rowan verlangt, erst recht nicht vor einem Geistlichen. Deswegen wartete er neugierig auf den bedeutungsvollen Tag, an dem er das

Gelübde ablegen sollte.

An einem klaren Herbsttag war es so weit. Die Vögel sangen und erzählten Rowan, dass mehrere Priester in Begleitung von zwei Rittern auf dem Weg zu ihnen waren. Die Mönche hatten anscheinend die Neuigkeit ebenso erfahren, denn Bruder Micho wanderte an diesem Tag nicht mit Rowan in die Berge hinein, sondern suchte nur die Quelle hinter dem Klostergebäude auf. Dabei hatte Rowan schon längst Freundschaft mit dem uralten Quellgeist, der viele verschiedene Herren des Landes erlebt hatte, geschlossen.

„Dein besonderer Tag ist gekommen", murmelte der greise Geist undeutlich. Rowan fühlte eine innere Unruhe. Der Geist hörte sich an wie hochbetagte Leute, deren Lebenszeit ablief. Doch was wurde aus dem Kloster, falls die Quelle versiegte?

„Welcher große Tag?", fragte er höflich.

„Wenn aus kleinen Kindern Erwachsene werden", kicherte der Quellgeist.

Rowan runzelte die Stirn. Wie meinte sein Gegenüber das?

„Aus dem Lehrjungen wird ein Geselle, vielleicht wird einst sogar ein Meister aus ihm."

Rowan lief rot an. Gab es eine feierliche Weihe, wenn ein Magier genug gelernt hatte? Davon hatte er noch nie gehört. Er wusste eine Menge über Krankheiten, Heilkräuter und -gesänge, auch beherrschte er die Kunst, mit Naturgeistern und Tieren zu sprechen, dazu ein wenig Hellseherei und Gedankenlesen. Er wusste, dass er mehr konnte, als manch anderer Magier. Aber war er dadurch schon ein Geselle? Er zweifelte plötzlich an seinen Fähigkeiten.

Schweigend folgte er Micho auf dem Rückweg.

Der Oberpriester traf bald nach ihnen ein. Vom Refektorium, dessen Fenster zum Tal hin gingen, konnten sie bei gutem Wetter meilenweit sehen, fast bis Burg Eichenfels. Die Kolonne ritt hintereinander auf Maultieren den Berg hinauf. Rowan fragte sich, ob er wirklich für eine Weihe bereit sei. Was erwartete ihn? Würde er erfahren, was im Magierreich vorging? Warum König Wilhar und Bunduar Ottgar, Mardok und ihn selbst weggeschickt hatten? Nach außen wirkte es wie die übliche Ritter-Ausbildung an nahestehenden Höfen.

Doch Rowan spürte seit Langem, dass die Gefahren in der Heimat erheblich größer waren und alle bedrohten und seit dem erlauschten Gespräch zwischen Kustin und Wudon war es zur Gewissheit geworden. Daher sollten die Erben von befreundeten Herrschern beschützt werden. Deshalb auch der Aufenthalt im Ostreich. Nicht nur, weil es ein verbündetes Reich war, sondern vor allem, weil es am weitesten von der Gefahrenquelle im Norden entfernt war. Warum sonst hätte Wilhar seinen Sohn zu den Verwandten seiner Frau geschickt, die ihm vor der Hochzeit verschwiegen hatten, dass die Familie der Prinzessin krank war. Hatten nicht die Anhänger von Königin Narfin und die ihres Bruders, des vorigen Königs Hroal, Rowan daheim auf Burg Wanroe nach dem Leben getrachtet? Und Bunduar schickte sie in die Höhle des Löwen? Natürlich war Hroal gestorben und der jetzige Regent Kustin war Rowan freundlich gesinnt. Aber sicher lebten noch Getreue von Hroal und fühlten sich ihm über den Tod hinaus verpflichtet.

„Rowan, es wird Zeit, die Glocke hat bereits zur Andacht geläutet", ermahnte ihn Micho.

Rowan nickte und folgte dem Mönch in den Klosterhof.

An diesem Tag dauerte der Gottesdienst erheblich länger als üblich. Es wurde viel gesungen. Mit einer Handbewegung forderte Prior Anuwah Rowan auf, einen Bittgesang allein zu singen. Mit lauter, klarer Stimme trug Rowan sämtliche fünfzehn Strophen des alten ostianischen Liedes vor.

Anschließend betete der Oberpriester des Ostreichs eingehend. Rowan dachte mit Wehmut an das Moorheiligtum im Magierreich zurück. An den Abschied vom Oberpriester Garudin. Er hatte damals angedeutet, dass sie sich nicht wiedersehen würden. Angst umfing Rowans Herz wie eine eiserne Klammer. Wie würde seine Heimat aussehen, wenn er einst zurückkehrte?

Nach den ermüdenden Gebeten, Gesängen und Opfern war Rowan erschöpft und nicht mehr so aufmerksam, dabei sollte der maßgebende Teil noch folgen. Rowan wachte aus dem Halbschlaf auf, als der Oberpriester das Wort Verantwortung erwähnte. Erschrocken fuhr Rowan hoch. Hatte er inzwischen etwas Wichtiges verpasst? Er schämte sich seiner Unachtsamkeit. Verstohlen schaute er sich um. Die meisten Mönche wirkten, als wären sie mit ihren Gedanken ganz woanders. Garudin war es nie passiert, dass die Gläubigen einschliefen.

Jetzt zwang sich Rowan zuzuhören. Der Oberpriester war leider sehr langatmig. Immer wieder gab es einen neuen Bittgesang oder einem weiteren Naturgeist wurde geopfert, bevor er endlich den Göttern dankte und um Beistand bat. Endlich kam er zum Kern der Feierlichkeit. Er erklärte die Macht der Magier und ihre Aufgabe, die Menschen vor Krankheiten und Bösem zu beschützen. Dann sprach er über die Meisterschaft des Gedankenlesens und der Gedankenbeeinflussung. Da diese Fähigkeiten so gefährlich waren, durften sie ausschließlich von ehrenwerten, willensstarken Magiern angewandt werden. Nur wenige Magier wurden darin eingewiesen, vorher mussten sie schwören, ihre Kunst nie zu missbrauchen und sie einzig an ausgewählte rechtschaffene Männer weiterzugeben.

Während dieses Teils der Rede schaute er Rowan durchdringend an. Schließlich forderte er ihn auf, an den Altar heranzutreten und der Göttin Jaguar unter Bittgesängen zu opfern.

Rowan hatte im Magierreich den Brauch mehrmals erlebt und beherrschte die Lieder. Er sang sie mit seiner schönen Stimme erst auf Magianisch und anschließend auf Ostianisch. Als er geendete hatte, reichte der Priester ihm einen Krug mit Öl.

Rowan trat an den Opfertisch, auf dem in einer Steinschale ein Feuer brannte, und goss das Öl in die Glut. Hellgelb loderte die Flamme und verströmte den Duft von Zedernholz. Es folgten Öle, die rot aufflammten und nach Rosen dufteten, ein weiteres leuchtete lilafarben und roch nach Lavendel. Alle Flammen schlugen hoch auf und weißer Rauch stieg gerade zum Himmel, obwohl es recht windig war.

Zufrieden nickte der Oberpriester Rowan zu. Er sang

eine Bitte an die Göttin, ihren Schüler Rowan zu leiten und ihm die richtigen Werte einzugeben. Dann forderte er Rowan auf, sich hinzuknien und den Eid zu leisten. Er sagte die Worte vor, mit denen die Magier schworen, mit ihrem Wissen nur der hellen Macht zu dienen und achtsam damit umzugehen.

Rowan sprach das jahrtausendealte Gelübde, das er kaum verstand, nach. Beim letzten Wort rauschte es in den Bäumen und ein Schwarm weißer Vögel erhob sich und flog gen Himmel.

Rowan starrte ihnen beeindruckt hinterher. Der Oberpriester schritt mit seinem Gefolge, dem sich Prior Anuwah mit Rowan anschloss, durch die versammelten Mönche hinaus auf eine Anhöhe. Hier wies der Geistliche Rowan an, sich innerlich zu sammeln, den Worten zu lauschen, sodass sie sein Herz berühren.

Gehorsam nickte Rowan, setzte sich im Schneidersitz auf einen sonnenbeschienen Felsen und versenkte sich. An die Worte des Oberpriesters erinnerte er sich nur teilweise, dafür umso deutlicher an Garudins Worte bei dem Bittgottesdienst für Rowan, bevor er seine Heimat verließ. Da Jaguar eine gnädige Göttin war, machte er sich keine Sorgen, dass sie ihm das übel nahm.

Er war so vertieft, dass er nicht bemerkte, wie die anderen wieder zurückgingen. Erst als die Sonne hinter den Bergen verschwand und es kalt wurde, machte er sich auf den Heimweg.

8.

Die nächsten Tage verbrachten die Mönche und ihre

Gäste mit Gesängen und Gottesdiensten. Erst als der Oberpriester abreiste, wurde das normale Klosterleben wieder aufgenommen. Inzwischen lernte Rowan nicht mehr so oft bei Zietwa und Micho. Dafür wurde er vom Prior Anuwah und dem uralten Bruder Lorman vermehrt in die Gedankenübertragung und das Gedankenlesen eingewiesen. Er erfuhr, dass die Magier des Sumpflandes darin die wahren Meister wären und im Ostreich nur die einfachsten Anwendungen beherrscht wurden. So konnten sie nur den Willen der Menschen bestärken und bremsen, aber niemanden von etwas überzeugen, was ihm völlig fremd war. Selbst diese Übungen waren sehr schwer und Rowan merkte, dass er noch viele Jahre benötigte, um auch nur den Gesellenstand zu erreichen.

Während er im Klosterhof saß und übte, den Aufenthaltsort und die Tätigkeit Ottgars wahrzunehmen, spürte er ein leises Beben unter den Füßen. Sofort änderte er seine Gedanken und richtete seine Aufmerksamkeit auf den Punkt, woher die Erschütterung kam. Es war nicht gleichmäßig. Mal war es stärker, mal schwächer. Mit der Zeit konnte Rowan eine Regelmäßigkeit erkennen. Es klang so ähnlich wie die Hammerschläge des Schmieds und kam tief aus der Erde. Doch nicht direkt unter ihm, sondern weiter nördlich.

„Rowan, träume nicht. Die Andacht beginnt, alle Brüder sind schon versammelt", holte ihn Wudon unsanft aus der Versenkung heraus.

Erschrocken blickte Rowan auf. Tatsächlich, um ihn

herum standen die Mönche mit emporgestreckten Händen und stimmten den ersten Gesang an.

Rowan erhob sich, huschte in die hinterste Reihe und versuchte, die richtige Strophe des Liedes zu finden. Da ihn die Entdeckung der seltsamen Geräusche stark beschäftigte, gelang es ihm nicht mehr, sich zu sammeln. Selbst die nächsten Weisen und Gebete sprach er nur gedankenlos mit. Den tadelnden Blick des Priors ignorierte er.

Vom Abendessen wurde er zur Strafe von Anuwah ausgeschlossen und in seine Zelle geschickt.

Verzweifelt missachtete Rowan den Befehlt. Atemlos vor Aufregung stieß er hervor: „Bitte, verehrter Anuwah, es ist wichtig." Noch während er sprach, drehte sich der Prior von ihm weg. Rowan überlegte krampfhaft, wie er seine Mitteilung kurz, aber trotzdem eindringlich hervorbringen konnte.

„Das Kloster und alle Brüder sind in ..." Doch noch bevor er zu Ende gesprochen hatte, hatten ihn zwei kräftige Mönche an den Schultern gepackt und aus dem Raum geschoben.

Als er sich schon im Korridor befand, rief er laut: „Meister Wudon, hört mich bitte an." Doch die Tür wurde geschlossen. Dann vernahm er, wie sich ein Schlüssel im Schloss drehte. Verärgert ballte er die Fäuste.

Auch der Versuch, Anuwah seine Beobachtung durch Gedankenübertragung mitzuteilen, schlug fehl. Anscheinend blockierte der Prior sein Eindringen. Eine Fähigkeit, die Rowan ebenfalls noch üben musste.

Anschließend probierte Rowan es bei Lorman, doch

auch dieser wies ihn ab. Es war zum Verzweifeln. Immer deutlicher spürte Rowan eine Bedrohung und die Menschen, die etwas dagegen tun konnten, hörten ihm nicht zu.

Da er nicht länger warten wollte, verließ er ungeduldig das Kloster und suchte den Quellgeist auf.

„Solltest du am Abend nicht bei den Mönchen weilen?", fragte ihn der Geist, nachdem Rowan ihn unruhig begrüßt hatte.

„Verzeih mir meine Aufregung. Doch ich spüre eine Gefahr, aber ich kann sie nicht einordnen. Wer bedroht uns? Und von wo?"

„Du bist viel zu jung, lerne, dich zu gedulden, dann wirst du selbst die Ursachen des drohenden Unheils verspüren."

Rowan errötete. „Ich fühle mich fremd und allein."

„Bist du nicht im Kloster unter Gleichgesinnten?"

Rowan dachte über diese Worte nach. „Es sind Geistliche, keine Magier. Und selbst mein Meister Wudon ist mir in vielem fremd. Vielleicht liegt es auch daran, dass ich aus einem anderen Land stamme", erklärte er kläglich. Er fühlte sich unglücklich. Allen drohte Leid und er konnte niemandem helfen.

„Was bedrückt dich?", lenkte der Quellgeist gutmütig ein.

„Ich empfinde ein Dröhnen im Boden, ungleichmäßige Schläge, als ob mehrere Schmiede hämmerten. Ich spüre, dass die Stöße unheimlich sind. Woher kommen sie? Womit bedrohen sie uns?"

Der Geist überlegte eine Weile. Schließlich sagte er: „Die Zwerge bauen im Berg Erz ab. Sie haben auf der

Nordseite einen Stollen gegraben. Aber sie haben vermutlich noch etwas anderes vor, denn sie dringen sehr schnell in unsere Richtung vor."

„Wann werden sie uns erreichen?", fragte Rowan erschrocken.

„Wenn sie so rasch weiterarbeiten, in wenigen Tagen."

„Werden sie den Mönchen schaden?"

Der Quellgeist schwieg.

Rowan spürte in ihn hinein. Anscheinend wusste er auch weiter nichts.

„Besteht für dich Gefahr?", erkundigte er sich besorgt.

„Sie werden vielleicht meinen unterirdischen Wasserlauf zerstören, ihn umleiten, dann werde ich hier versiegen."

„Können wir sie aufhalten?"

„Ich weiß es nicht", murmelte der Geist müde. Er sah noch älter und zusammengefallener aus als vorher. Sein Bild verblasste vor Rowans Augen.

Der junge Magier grübelte einen Augenblick, dann lief er kurz entschlossen zur Felswand, die er atemlos erreichte. Dort ließ er sich im Schneidersitz auf einem Moosbüschel nieder, atmete mehrmals tief die Luft ein, dann sehr langsam wieder aus und versenkte sich. Trotz der Aufregung gelang es ihm diesmal gut. Vorsichtig rief er in Gedanken den Felsengeist bis dessen dunkles, bärtiges Gesicht auf dem Felsen sichtbar wurde.

„Was störst du meine Ruhe?", fragte er mürrisch.

„Entschuldige. Ich habe gehört, dass die Zwerge einen Stollen graben. Besteht für das Kloster und die Mönche Gefahr?", erkundigte sich Rowan höflich.

Der Geist lachte rau. „Wer will das wissen?"

„Rowan, der Enkel Bunduars, des Obermagiers des Magierreichs."

„Kleiner Magier, renne, bringe dich in Sicherheit", knurrte der Geist.

„Habt ihr nicht Bunduar Treue geschworen und ihm versprochen, ihn und mich zu schützen?" Rowan wusste keinesfalls, ob es stimmte. In Llyllia war es so gewesen, aber im Ostreich? Wann war sein Großvater zuletzt hier gewesen? Es musste schon sehr lange her sein. Ob er damals für das Enkelkind um Hilfe gebeten hatte?

„Ich kann dir nicht helfen. Gewarnt habe ich dich."

„Können wir mit den Zwergen Frieden schließen?", fragte Rowan, doch der Geist verschwand. Inzwischen war es dunkel geworden. Der Mond schien nicht und Wolken verdeckten die Sterne. Im Dunkeln tastete sich Rowan vorsichtig durch den Wald den Berghang hinunter. Es war weit nach Mitternacht, als er endlich vor dem verschlossenen Klostertor stand.

Verärgert suchte er sich unter einer dichten Tanne einen Unterschlupf, den er mit dürren Zweigen und Laub polsterte. Anschließend deckte er sich mit Blättern zu, denn die Nächte waren im Gebirge bitterkalt.

Er schlief sehr unruhig. Immer wieder schreckte er von Geräuschen hoch, fröstelnd zog er seinen Umhang enger um sich. Das Laub wärmte nicht ausreichend, aber wenigstens erfror er dadurch nicht.

Als die Sterne langsam verblassten, sah er Lichtschein in den Zellen der Mönche. Es wurde Zeit für die Morgenandacht. Danach würde das Tor geöffnet. Rowan musste sich in Geduld fassen. Die halbe Nacht hatte er gegrübelt, wie sie sich mit den Zwergen einigen konnten.

Vor Urzeiten hatte der gesamte ostländische Gebirgszug den Zwergen und Trollen gehört. Dann waren die Menschen vom Magierreich her eingedrungen und hatten die Urvölker zurückgedrängt. Häufig hatte es Zusammenstöße zwischen den verfeindeten Gruppen gegeben. Nicht immer waren die Ostländer siegreich gewesen. Doch in den letzten Jahrhunderten hatten beide friedlich nebeneinander gelebt: die Zwerge zurückgezogen in den entfernten Bergen, die Menschen im Flachland und auf den ersten Bergzügen. Gerade die Mönche hatten sich um ein friedliches Miteinander bemüht.

Ob man mit dem Herrscher der Zwerge verhandeln konnte? Allerdings konnte sich Rowan nicht vorstellen, dass der gutmütige König Kustin einen zufriedenstellenden Vertrag aushandeln könnte.

Endlich ging das Tor auf. Rowan erhob sich mühsam. Von der Kälte war er ganz steif geworden. Er dehnte und streckte sich, dann lief er langsam zum Gebäude hinüber. Es dauerte eine Weile, bis er die Glieder vernünftig bewegen konnte.

Wortlos ließ ihn der Pförtner passieren, dabei warf er ihm einen bösen Blick zu. Rowan atmete tief durch. Die Mönche schienen ihm den Alleingang zu verübeln. Obwohl Prior Anuwah sicher wusste, wo Rowan sich während seiner Abwesenheit aufgehalten hatte.

Keiner der Brüder, die ihn unterrichteten, hatte Zeit für ihn. Selbst Wudon war so in ein Gespräch über Kräuterkunde vertieft, dass er ihn nicht beachtete.

Rowan brannte die Sorge unter den Nägeln. Spürte denn niemand außer ihm die Gefahr? Oder schätzten sie

sie zu gering ein? Vielleicht führten sie auch längst Verhandlungen mit den Zwergen? Rowan hörte das Hämmern immer stärker. Es kam näher. Sehr weit vom Kloster konnte der Schacht nicht mehr entfernt sein.

Trotzdem musste er sich bis nach dem Mittagessen gedulden, bis Lorman ihn zu einer Unterrichtsstunde erwartete.

Rowan verbeugte sich tief vor dem alten, schweigsamen Mann. Bisher hatten sie nur wenige Worte gewechselt. Lorman erklärte ihm die Übungen, begleitete die Gedanken des Schülers, doch sie tauschten keine Ansichten aus.

„Warum hast du dich nicht beim ehrwürdigen Prior entschuldigt?", wies ihn der Greis zurecht.

Rowan musste seine ganze Selbstbeherrschung aufbieten, um nicht wütend herauszuplatzen.

„Ich durfte bedauerlicherweise nicht mit ihm sprechen", brachte er leise hervor.

Lorman musterte ihn missbilligend. „Du musst deine Gefühle besser beherrschen."

Rowan senkte beschämt den Kopf, daran musste er wirklich noch arbeiten. Allerdings gab es für ihn momentan Dringlicheres.

„Ich weiß, leider bin ich äußerst erregt", rechtfertigte er sich. Las Lorman nicht seine Überlegung? „Als ich gestern nach unserer Stunde im Hof weiterüben wollte, spürte ich ein Beben tief in der Erde unter uns. Je länger ich dieser Ahnung nachspürte, desto stärker fühlte ich die Gefahr, die davon ausging. Deswegen war ich während des Gottesdienstes für die Göttin Jaguar geistesabwesend. Als ich warten musste, hielt ich es vor

Sorge nicht mehr im Kloster aus, sondern lief zum Quellgeist und später weiter zum Felsengeist. Beide sagten mir, dass die Zwerge den Berg vom Norden her untertunneln. Sie sind sehr schnell, schon bald werden sie das Gebäude erreichen. Ich ahne nicht, was sie vorhaben. Es scheint kaum etwas Gutes für uns Menschen zu bedeuten. Der Felsengeist riet mir zur schleunigen Flucht."

Erschöpft hörte Rowan auf zu sprechen.

Lorman blickte finster drein. Er wirkte düster, geradezu beängstigend. Weil er sich sorgte? Oder hatte er einen anderen Grund, auf Rowan böse zu sein?

In dem Augenblick, als Rowan endete, trat Anuwah ein. „Was hast du gespürt?", fragte er. Überrascht wiederholte Rowan das eben Gesagte. Der Prior blickte Lorman, als Rowan sprach, prüfend an. „Hast du dich an deinen Eid gehalten?", erkundigte er sich und Rowan spürte, wie er sich bemühte, in Lormans Geist einzudringen, doch dieser wehrte Anuwah geschickt ab.

In der Hoffnung, ihm zu helfen, schloss Rowan sich den Gedanken des Priors an. Zu zweit schafften sie es tatsächlich, die Verteidigung des alten Mannes zu durchdringen.

Sie erkannten, dass er schon lange von dem Vorhaben der Zwerge wusste. Diese hatten ihm für sein Stillhalten Ländereien für seinen Neffen versprochen, auf denen Lorman einen Altersruhesitz gefunden hätte.

„Ich dachte, deine Familie hätte den dunklen Mächten seit Jahrhunderten abgeschworen", sagte der Prior enttäuscht, bevor er zwei kräftige, jüngere Mönche rief, die Lorman in einem Kellerraum einsperrten. Kurz darauf erschien Bruder Zietwa mit einem dampfenden Becher. Rowan nahm den Geruch einer giftigen Pflanze wahr. Entsetzt starrte er Zietwa an. Der Prior lachte leise. „Nein, wir richten unsere Klosterbrüder nicht hin. Aber es ist Eile geboten, die Verbindung zwischen Lorman und den Zwergen zu unterbrechen, deshalb soll er schlafen."

Rowan schaute den Prior verständnislos an. „Soll er jetzt ständig schlummern?"

„Nein, wir werden heute beraten, was mit ihm geschieht. Wir haben hoch oben im Gebirge noch ein kleines Kloster, in dem wir schon einmal einen untreuen Gefährten untergebracht haben. Nur fürchte ich, für Lorman ist kein Ort weit genug entfernt, da er besonders begabt im Gedankenübertragen ist." Dann bedankte er sich bei Rowan für seine Achtsamkeit.

„Wie habt Ihr von meinem Gespräch mit Lorman erfahren?", fragte Rowan neugierig.

Anuwah lächelte leicht. „Du übst dich doch gerade in Gedankenübertragung." Danach entließ er Rowan mit einer Handbewegung.

Innerhalb kurzer Zeit saßen alle Mönche im Refugium und berieten sich. Wudon war allein in den Wald gegangen, um Heilpflanzen zu sammeln. Eine Weile sann Rowan auf einer Bank im Hof über die Ereignisse im Ostreich nach, bis er sich aufraffte und aufstand. Es war eine gute Gelegenheit, die Bibliothek ausgiebig zu nutzen.

Er hatte sie regelmäßig aufgesucht, doch sonst hatte er nur wenig Muße, da sein Tag mit Andachten und Übungen ausgefüllt war. Gezielt griff er sich die älteste

Chronik, die er ganz am Anfang durchgeblättert hatte, da er die verschnörkelte Schrift und die altmodische Sprache nur sehr mühsam entziffern konnte. Auch jetzt blätterte er sie durch, diesmal suchte er nach den Worten Zwerg und Troll. Schon bald wurde er fündig. Bei der Gründung des Klosters hatte es Auseinandersetzungen mit den Zwergen gegeben. Das Gebiet war zwar unbewohnt gewesen, da die Zwerge sich noch weiter im Osten aufhielten, trotzdem beanspruchten sie die Berge in der Gegend für ihr Reich.

Der zweite ostianische König führte einen blutigen Krieg gegen die Zwerge. Nach seinem Tod versuchte der Prior des Klosters, zwischen den Zwergen und dem jungen Herrscher zu vermitteln. Mit dem Versprechen, in den Ostbergen keinen Bergbau zu betreiben, wurde ein Friedensvertrag geschlossen.

Müde schloss Rowan das Buch und stellte es zurück. Er musste erst einmal über das Gelesene nachdenken.

In der Nacht schlief Rowan tief und fest und wachte erst auf, als Wudon ihn zur Morgenandacht weckte.

Mehrere Mönche fehlten, auch Zietwa war nicht da. Später erzählte Micho ihm, dass die Brüder schon vor Morgengrauen in Richtung Sumpfland aufgebrochen waren. Lorman sollte dort auf einer Klosterinsel leben, abgeschieden von der übrigen Welt, bewacht von dortigen Mönchen, die die Gedankenkunst wesentlich besser beherrschten und die gedankliche Verbindung mit den Zwergen unterbinden konnten.

In den nächsten Tagen hatte Rowan nur bei Micho Unterricht, sonst hatte niemand Zeit für ihn. Er nutzte die ungewohnte Freizeit dafür, sich mit den

Naturgeistern auszutauschen und weiter in den Chroniken zu lesen.

Es musste etwas geben, das Zwerge und Trolle vom Kloster fernhielt, außer der Tatsache, dass die Mönche sie gerecht behandelten. In den Büchern konnte er den Grund nicht finden. Sogar die Geister konnten ihm keine Auskunft geben. Rowan vermutete, dass er bisher nicht die richtigen Fragen gestellt hatte. Wer erinnerte sich an sagenumwobene Vorzeiten?

Das Gehämmer unter der Erde hatte eine Weile ausgesetzt, nur um erneut, diesmal viel stärker als vorher, anzufangen.

9.

Wieder einmal saß er beim Quellgeist und befragte ihn, ob er sich an früher erinnern könne, bevor das Kloster gebaut wurde.

„Damals lebte ich noch nicht hier", erwiderte der Geist.

Vor Überraschung japste Rowan hörbar. Sobald er sich gefasst hatte, bohrte er nach. „Du bist doch ein recht altehrwürdiger Naturgeist. Ich kann mir nicht vorstellen, dass du den Bau des Klosters und die Kriege nicht erlebt hast", umschrieb er höflich, was er dachte.

Der Quellgeist kicherte wie ein junges Mädchen. „Du darfst ruhig sagen, dass ich uralt bin. Für uns ist es keine Beleidigung, je älter wir werden, desto weiser und angesehener sind wir. Aber ich entsprang ehemals auf der anderen Bergseite. Erst durch einen Erdrutsch landete ich hier. Mir tat es leid, nicht mehr in der Nähe meiner Freunde, der Baum- und Felsengeister, zu sein. Andererseits ist es auf dieser Seite mit den vielen unterschiedlichen Menschen viel kurzweiliger."

„Gibt es jemanden, der schon vor dir hier war?", fragte Rowan.

„Mein Bruder trat in der Nähe des Klosterhofs aus der Erde. Durch den Bergrutsch verschwand seine Austrittstelle. Jetzt fließt er unterirdisch in den Bach am Fuße der Berge."

„Wo kann ich ihn befragen?"

„In den Höhlen unter uns. Davon rate ich dir momentan ab, da die Zwerge im Bergwerk arbeiten."

„Dann suche ich seine Quelle auf."

„Sie liegt ein paar Tagesreisen von hier."

Rowan runzelte die Stirn.

„Wenn du es wünschst, frage ich ihn für dich", bot der Quellgeist an.

„Oh, vielen Dank. Ich würde gerne wissen, wie es früher war, ehe das Kloster gebaut wurde. Lebten die Geister in Frieden mit den Zwergen und Trollen? Warum haben die Zwerge das Gebiet verlassen? Was ist damals passiert?"

„Ich werde ihm dein Anliegen vortragen, aber es wird etwas dauern, bis ich eine Antwort habe", murmelte der Geist, bevor er verschwand.

Derweil suchte Rowan weiter in den Chroniken nach entsprechenden Äußerungen. Er fand keine Erwähnung von Kriegen oder Seuchen. Nur von starken Regenfällen wurde berichtet, die in den Tälern verheerende Überschwemmungen verursacht hatten. Häuser waren fortgerissen worden, Menschen und Tiere ertrunken. Die

Mönche hatten sich um die Hilfsbedürftigen gekümmert, so gut es ging.

Bald darauf sprach er bei seinem Freund, den Quellgeist vor, der ihm die gewünschten Antworten gab. „Die Baum-, Pflanzen- und Tiergeister hatten vor den Zwergen und Trollen Angst gehabt. Nachdem die Klosterbrüder auftauchten, war ihr Leben sicherer geworden, daher halfen sie den Mönchen. Die Zwerge hatten auch in jener Zeit im Berg Erze abgebaut. Dadurch veränderten wir Bäche unsere unterirdischen Ströme. Unser Wasser staute sich unter Tage zu Seen. Nach lang andauernden heftigen Regenfällen, schwollen sie so an, dass sie die Felsen fortrissen und es einen Bergsturz gab. Die Bergseite, auf der das Kloster stand, war allerdings nicht davon betroffen gewesen. Danach gaben die Zwerge das Bergwerk auf."

Bei Rowan entstand eine Idee, über die er in Ruhe nachdenken wollte. Er bedankte sich beim Bachgeist und verabschiedete sich. Auf dem Rückweg lief er einen Umweg, um Zeit dafür zu haben.

Am Abend bat Rowan den Prior um ein Gespräch. Er erzählte von den Berichten in den Chroniken und den Erinnerungen der Quellgeister.

„Und du meinst, wir sollten die Wassergeister bitten, es erneut regnen zu lassen, um unsere Gegner zu vertreiben?"

„Ihr habt sicher versucht, mit dem Anführer der Zwerge zu verhandeln. Hattet Ihr Erfolg?", gab Rowan zurück.

Der Prior schüttelte den Kopf. „Ich bin sicher, dass er mich gehört hat. Aber er ist der Meinung, dass wir zu schwach sind, uns zu wehren. Daher sieht er keinen Grund, mit uns einen Friedensvertrag zu schließen."

„Woher wisst Ihr das, wenn er nicht mit Euch spricht?", fragte Rowan überrascht.

Der Prior lachte leise. „Auch wir haben Verbündete. Einige berichteten uns von Beratungen der Zwerge."

An den darauffolgenden Beratungsgesprächen der Mönche durfte Rowan wieder einmal nicht teilnehmen. Diesmal nutzte er die Gelegenheit, den Elfenprinzen Sirii anzurufen. Dazu setzte er sich am Waldrand unter eine alte Felseneiche, entzündete ein Elfenfeuer und sang das Elfenlied. Schon bald erschien Sirii.

„Wird es nicht Zeit, dass du dich vor den Zwergen in Sicherheit bringst?", tadelte Sirii. Er wirkte erschöpft.

„Soll ich die Mönche ihrem Schicksal überlassen?"

„Eigene Schuld, wenn sie einen Verräter unter sich nicht erkannt haben."

„Du weißt davon?", staunte Rowan.

„Ab und zu habe ich nach dir geschaut."

„Aber nicht eingegriffen", murrte Rowan.

„Du bist alt genug und kannst auf dich selbst aufpassen. Ich hatte anderweitig ausreichend zu tun."

„Im Magierreich?" Bereits der Gedanke daran bereitete Rowan Magenschmerzen.

Doch Sirii antwortet nicht.

„Ahnst du, auf welche Weise die Zwerge hier früher vertrieben worden sind?", fragte Rowan deshalb, als das Schweigen anhielt.

„Nein, weder ich noch meine Mutter lebten zur damaligen Zeit und unseren Vorfahren schien es nicht wichtig genug zu sein, es zu überliefern."

Rowan berichtete, was er erfahren hatte.

„Dann weißt du, was zu tun ist."

„Es wird viele Zwergen das Leben kosten", meinte Rowan bedrückt.

„So warne sie vorher. Aber sie werden es dir nicht danken", spottete Sirii. „Wenn ihr die Zwerge nicht vertreibt, wird bald nur der westliche, an das Magierreich grenzende Streifen für Menschen bewohnbar sein. Vielleicht erobern eure Gegner auch das angrenzende Gebirge des Magierreichs. Dein Großvater und König Wilhar sind momentan nicht in der Lage, die Grenzen zu verteidigen."

Die letzten Worte waren entscheidend. Rowan wollte seit Jahren Bunduar beistehen, doch dieser ließ es nicht zu. Jetzt ergab sich eine Gelegenheit, also musste Rowan sie nutzen. Egal wie die Mönche sich entschieden, er musste einfach handeln. Schnell bedankte er sich bei dem Elfenprinzen und hastete zum Quellgeist, um ihn um Hilfe zu bitten.

„Es kann mein Dasein beenden", wandte der ein.

„Ich weiß, aber ich sehe keine andere Möglichkeit. Die Zwerge bedrohen dich auf jeden Fall."

Der Quellgeist bat um Bedenkzeit.

Schon am nächsten Morgen eilte Rowan wieder zu ihm.

„Ich habe mich mit meinem Bruder beraten, wir werden dich unterstützen und unsere Freunde bitten mitzumachen."

Rowan war erleichtert. Er bedankte sich und opferte den Geistern seine kostbarsten Kräuter. Anschließend rief er den Regen- und sonstige Wettergeister an. Sein gesamtes in Llyllia gelerntes Wissen benötigte er, um sie anzurufen und freundlich zu stimmen.

Den ganzen Tag verbrachte er mit den verschiedenen Geistern und bat sie um Mithilfe. Schließlich waren selbst die Baumgeister, die bei Sturm und Starkregen um ihr Leben fürchten mussten, bereit, ihm zu helfen.

„Wenn die Zwerge viel Erz abbauen, werden sie uns fällen, weil sie Holz brauchen, da sterben wir lieber im Unwetter", erklärte eine alte Steineibe.

Rowan dankte allen, dann eilte er zum Kloster zurück. Dort setzte er sich in den Klostergarten und sammelte sich, bevor er an der Tür des Refektoriums anklopfte. Ohne eine Antwort zu hören, platzte er in die Versammlung der Mönche hinein.

„Du störst unsere Beratung", herrschte der Prior ihn an.

„Entschuldigt, aber es ist wichtig. In den überkommenen Annalen habe ich gefunden, wie die Zwerge während der Anfangszeit vertrieben wurden. Einige Geister können sich noch daran erinnern und bestätigten die Aufzeichnungen", erklärte er mit ruhiger Stimme, obwohl er innerlich aufgeregt war. Konnte er die Mönche überzeugen? Oder musste er gegen ihren Willen handeln und die ganze Verantwortung allein übernehmen?

Mit einer herrischen Geste wies Prior Anuwah ihn aus dem Raum.

„Lasst ihn reden", forderte einer der alten Brüder.

Ohne auf die Zustimmung des Priors zu warten, berichtete Rowan von seinen Erkenntnissen. „Die Naturgeister sind bereit, uns zu unterstützen. Wir werden sicher viele Zwerge dabei töten, vielleicht auch Menschen. Nur mit Hilfe der Wettergeister können das Kloster und der umliegende Wald gerettet werden."

Wie er erwartet hatte, mussten die Mönche erst einmal darüber beraten und entließen ihn derweil. Ungeduldig lief er den Gang auf und ab. Er hoffte, dass sie sich für seinen Vorschlag entschieden, obwohl er ihrem friedlichen Weltverständnis widersprach, denn mit ihrer Hilfe würde sein Plan noch machtvoller umgesetzt werden. Schließlich öffnete sich die Tür des Refektoriums und man rief ihn hinein.

„Du verlangst von uns einen großen Eingriff in die Natur. Möglicherweise reißen die Fluten das Kloster mit fort. Doch die meisten meiner Brüder sind der Meinung, dass wir es dann wieder aufbauen können, während es auf jeden Fall bald zerstört würde, wenn die Zwerge in der Geschwindigkeit weiter vordringen und uns vertreiben. Unsere Versuche, mit ihnen zu verhandeln, sind gescheitert. Wir können keine geistige Verbindung herstellen und unsere Unterhändler sind nicht zurückgekehrt."

Rowan fühlte einen Schmerz, den hatte er schon am vorherigen Tag wahrgenommen hatte. Die Abgesandten würden nicht mehr zurückkehren, sie waren getötet worden, und die Mönche wussten es. Daher hatten sie seinen Erklärungen gelauscht.

„Mache, was nötig ist, damit die Wassermassen strömen", fuhr Anuwah fort. „Wir werden einen Bittgottesdienst abhalten."

Rowan nickte zustimmend. „Wir sollten die Zwerge vor dem Unwetter warnen. Es ist nicht nötig, dass die

Bergleute sterben. Sobald der Schacht überflutet ist, werden die Schächte einstürzen und sie können jahrelang nicht mehr weiterbauen."

Die Mönche murmelten erregt, einige schienen verärgert zu sein, doch der Prior und mehrere der ältesten Brüder stimmten ihm zu. „Wir werden es übernehmen, wir warnen sie durch unsere Gedanken, denn wir haben geschworen, niemanden ein Leid anzutun. Allerdings glauben wir nicht, dass sie die Warnung ernst nehmen", erklärte der alte Mönch, der auch vorher schon das Wort ergriffen hatte.

„Fleht die Göttin um Verzeihung an, dass wir Leben vernichten werden", bat Rowan und eilte hinaus. An der Quelle hielt er inne und stimmte einen Bittgesang an die Göttin Jaguar an. Anschließend versenkte er sich und rief den Quellgeist.

„Ich habe dich längst erwartet. Soll der große Regen jetzt beginnen?"

„Ja, bitte. Verzeiht, dass wir euer Dasein so verändern."

„Es wird so oder so verändert. Wir hoffen, dass ein Unwetter für uns weniger schlimm ist als ein Kahlschlag für das Bergwerk, wenn die Zwerge Holz zur Gewinnung von Erz benötigen. - Ich werde meinen Brüdern und Freunden Bescheid sagen", versprach der Geist und verblasste wieder.

Rowan tauchte aus seiner inneren Sammlung auf und sang sämtliche Lieder, die er bei seinem Freund Xanris, der aus einer Familie von Wetterhexen stammte, und seiner Mutter gelernt hatte. Der Himmel wurde dunkler, Wind kam auf, er wuchs zu einem Sturm an. Er heulte in den Wipfeln der Bäume, die sich bis zum Boden bogen. Dann prasselten schwere Regentropfen herab. Im Nu war Rowans Umhang durchnässt. Aber er blieb sitzen und sang weiter, bat die Göttin um Beistand und flehte die Geister um Mithilfe an. Stundenlang schüttete es. Wasserfallartig strömte der Regen den Berg hinab. Unten im Tal würde das Wasser die Ufer überschwemmen. Doch würde es auch die Zwerge vertreiben? Rowan verharrte den ganzen Tag und die Nacht bei der Quelle. Sang, obwohl er längst heiser war. Zwischendurch betete er. Erst am späten Vormittag erhob er sich, streckte seine verkrampften Glieder und humpelte müde zum Kloster zurück.

Micho hatte ihn bereits erwartet. „Du musst sofort heiß baden. Ich habe seit Stunden Wasser auf dem Feuer stehen. Zieh dich aus und steige in den Badezuber."

Er führte Rowan in einen Raum neben der Küche, zwei Küchenbrüder füllten das heiße Badewasser in den Zuber, mischten es mit kaltem Wasser, anschließend half Micho dem erschöpften Rowan hinein.

„Hoffentlich wird das Gebäude nicht weggespült", hörte Rowan einen der Küchenbrüder murmeln.

„Wird schon nicht passieren, aber in zwei Tagen wären die Zwerge unter dem Kloster gewesen, dann hätten wir sicher nichts zu lachen gehabt, wahrscheinlich wäre das ganze Kloster dann eingestürzt. Wer weiß, was die Zwerge dann mit uns verbrochen hätten", antwortet der andere.

Micho ließ Rowan allein. Der schloss die Augen und genoss die Wärme. Langsam entspannten sich seine schmerzenden Muskeln. Mit einer Entspannungsübung förderte er die Erholung.

„Schlaf nicht ein", holte ihn Micho in die Gegenwart zurück. „Du musst ins Bett. Ich habe dir einen Kräuteraufguss zubereitet, damit du nicht krank wirst."

Er hielt Rowan beim Aussteigen die Hand und gab ihm ein Tuch zum Abtrocknen. Anschließend wickelte er ihn in einen sauberen Umhang, holte einen großen Becher mit einer dampfenden Flüssigkeit und führte Rowan in die Zelle.

„Wo ist Wudon?", fragte Rowan, als er das leere Lager sah.

„Er liest in den Heilbüchern. Da wir durch das Unwetter ans Haus gebunden sind, können wir unsere normalen Tätigkeiten nicht verrichten."

Als Rowan lag, reichte Micho ihm den Becher und entzündete ein Feuer im Kohlebecken unter dem Fenster.

„Ihr verwöhnt mich", murmelte Rowan müde.

„Der Prior hat angeordnet, dass sein Kohlebecken in deine Kammer getragen wird, damit du es warm hast."

Rowan lächelte und trank seinen Kräutertee schluckweise. Langsam dämmerte er in den Schlaf hinüber. Sicher hatte Micho auch ein Schlafmittel hineingemischt.

Am nächsten Tag wachte er mit schmerzenden Gliedern und dröhnendem Kopf auf. Ein starker Hustenanfall quälte ihn. Draußen war es dunkel. Noch immer prasselte der Regen auf die Dächer des Klosters. Mühsam richtete Rowan sich auf. Neben seiner Schlafstatt stand ein Becher mit lauwarmen

Kräuteraufguss. Durstig trank er ihn, dankbar für Michos Fürsorge.

„Na, endlich wach?", fragte Wudon. Er beugte sich über ihn und legte prüfend eine Hand auf Rowans Stirn. „Du hast Fieber. Trink ordentlich, die Bärenlaubblätter sind fiebersenkend und hustenstillend. Außerdem werde ich dir Wadenwickel machen."

Er griff nach einer Schüssel mit Wasser, tränkte Lappen darin und wickelte sie um Rowans Beine, es folgten eine trockene Lage Tücher und zwei Wolldecken, mit denen er Rowan einhüllte.

„Wie spät ist es?", krächzte sein Schüler.

„Das Abendessen war vor ein paar Stunden."

„Dann habe ich den ganzen Tag geschlafen?", staunte Rowan.

Wudon lachte. „Den ganzen Tag, die Nacht und den zweiten Tag. Aber es ist gut, dadurch erholst du dich schneller."

Streng maßregelte er Rowan, als dem zu heiß wurde und er die Decken abschütteln wollte. Noch bevor er die Wickel wieder entfernte, fiel Rowan in einen unruhigen Schlaf. Immer wieder weckte ihn schmerzhafter Husten.

Ein paar Stunden danach löste Micho Wudon ab, damit der Magier schlafen konnte. Er gab Rowan erneut zu trinken. „Wir hatten Sorge um dich, dein Fieber war sehr hoch und du hast fantasiert", flüsterte er.

„Wie sieht es draußen aus?", sorgte sich Rowan.

„Wie ich mir den Weltuntergang vorstelle. Es ist überhaupt nicht hell geworden. Einige Bäume wurden weggespült. Am Nordhang ist eine Schlammlawine ins Tal gestürzt. Gut, dass hier niemand wohnt. Die Zwerge scheinen weg zu sein. Einige Gämsen, die sich hierher gerettet haben, berichteten, dass eine große Gruppe Zwerge fluchtartig in die östlichen Berge marschiert ist."

„Welche Dörfer wurden von den Wassermassen weggespült?" Rowans schlechtes Gewissen nagte an ihm.

„Etwa fünf an unserem Bach, weitere vier an den Nachbarbächen. Das Unwetter ist auf ein kleines Gebiet begrenzt. Mache dir keine Sorgen, der Prior und drei der Ältesten haben die Bewohner der Dörfer rechtzeitig gewarnt. Damit sich alle mit ihrem Vieh in Sicherheit bringen konnten."

Erleichtert schloss Rowan die Augen und schlief wieder ein. Als er aufwachte, dämmerte der Morgen. Das Rauschen des Regens hatte aufgehört. Sofort stand einer der älteren Mönche an seiner Seite.

„Wir haben in der Küche Brühe für dich auf dem Feuer. Du hast bestimmt Hunger, ich hole sie dir."

Ein paar Stunden später fühlte sich Rowan so weit hergestellt, dass er aufstand und auf wackeligen Beinen zum Refektorium zum Mittagessen ging. Begleitet von Wudon und dem alten Mönch.

„Sei gegrüßt, Magier Rowan", begrüßte der Prior ihn und betete das Dankgebet für das Essen.

Bei der Mahlzeit wurde wenig gesprochen. Die Mönche unterhielten sich untereinander nur, wenn es nötig war. Wenn sie Gäste hatten, tauschten sie sich mit denen aus. Doch die beiden Magier befanden sich inzwischen so lange im Kloster, dass das normale Klosterleben stattfand.

„Der Regen hat aufgehört, wir haben die Gebäude untersucht und die Schäden zusammengetragen. Am

dringendsten sind Ausbesserungsarbeiten am Dach",
sagte der Prior und teile die Aufgaben ein.

Rowan wurde wieder ins Bett geschickt, und er schlief
sogleich wieder ein.

Schon am nächsten Tag fühlte er sich besser, obwohl
seine Brust noch schmerzte, und half in der Küche mit,
da jede Hand gebraucht wurde. Wudon hatte sich bereit
erklärt, sich um die die Ziegen, Schafe und Hühner zu
kümmern. Nachdem das Wasser auch aus den Beeten
abgeflossen war, richtete Micho mit Wudon zusammen
den Garten.

Rowan erhielt währenddessen die ehrenvolle Aufgabe,
die Geschehnisse in der Chronik festzuhalten.
Stundenlang saß er im Schreibsaal in der Nähe des
Kamins und schrieb mit sauberer Schrift alles auf, damit
künftige Generationen in der Not Ratschläge fanden.

10.

Einen Mond später hatte sich Rowan von der
Lungenentzündung erholt und Wudon drängte, zur Burg
Eichenfels zurückzukehren.

Der Rückweg war mühsamer als der Hinweg, da die
Wege teilweise weggespült waren und umgestürzte
Bäume das Weiterkommen erschwerten. So brauchten sie
doppelt so lang wie auf dem Hinweg.

Ihre Reise blieb nicht unbemerkt, in allen Ortschaften
wurden sie schon erwartet und freundlich bewirtet, denn
die überstandene Gefahr für das Ostreich hatte sich
längst herumgesprochen.

Endlich sahen sie ihr Ziel vor sich. Ottgar kam ihnen

das letzte Stück entgegengeritten. „Ich dachte schon, du kommst überhaupt nicht mehr zurück", sagte er zur Begrüßung und umarmte Rowan. „Ich habe dich so vermisst."

Rowan lachte. „Gibt es hier viele Hochwasserschäden?", fragte er gleich besorgt.

„Nein, die Häuser liegen zum Glück hoch genug über dem Bach. So etwas habe ich noch nie gesehen. Dieser kleine Gebirgsbach war zu einem reißenden Strom angeschwollen. Aber er tritt wohl öfter über die Ufer, sodass die Dörfer sich alle oberhalb seines Bettes befinden und keine Gefahr für die Bewohner bestand."

Erleichtert atmete Rowan auf und ließ sich die Neuigkeiten vom Hofe berichten.

„Rowan, wacht auf, Prinz Ranin ist krank." Prinzessin Talin schüttelte ihn kräftig. Rowan schreckte hoch. Er brauchte einen Augenblick, um sich zu orientieren. Sie waren erst am Abend vorher von ihrem Aufenthalt im Kloster Eichenborn zurückgekehrt und vor Erschöpfung hatte er tief geschlafen. Die Kammer war dunkel, nur durch die offene Tür schien schwaches Licht. Er sprang auf. „Warum weckt Ihr nicht Meister Wudon?" Er griff nach der Zunderdose und zündete ein Öllicht an. Jetzt konnte er erkennen, dass der Strohsack neben seinem leer war. Er hatte so fest geschlummert, dass er nicht gemerkt hatte, wie der Meister aufgestanden war.

Talin schilderte die Krankheitssymptome ihres Bruders. „Im Dorf ist eine Seuche ausgebrochen, Wudon und unser Heiler wurden geweckt und sind hinuntergeeilt. Deshalb weilt kein anderer Heilkundiger in der Burg."

„Habt ihr keine Hebammen oder Hexen?" Rowan zog sich den Umhang über und fuhr sich mit den Fingern durch die Haare.

„Hexen?", schrie Talin empört.

„Ich habe gehört, dass es im Ostreich noch welche geben soll", murmelte Rowan. Er suchte eilig ein paar Kräuter und Dosen, in denen Heilmittel aufbewahrt wurden, zusammen.

Talin zeigte ihm den Weg zu der Kammer ihres Bruders. Mehrere Höflinge liefen hin und her und sprachen aufgeregt.

„Wir sollten die Mönche holen, die verstehen etwas von der Heilkunst", meinte ein dicker Mann gerade.

„Tut es, bis sie hier sind, nehmt ihr mit mir vorlieb", schlug Rowan vor und schob sie energisch aus dem Raum. Dann untersuchte er den Prinzen. Er sah blass aus und war schweißnass. Rowan legte ihm die Hand auf die Stirn. Ranin fieberte hoch, wie er es erwartet hatte. Deshalb verlangte Rowan nach einem Eimer kaltem und einer Kanne kochendem Wasser. Talin eilte davon, um das Gewünschte zu besorgen.

Inzwischen war der König geweckt worden und drängte mit seinem Pagen in den Raum.

„Er braucht Ruhe", erklärte Rowan.

„Könnt Ihr ihm helfen?", fragte der König bange.

„Auf jeden Fall besser als die Horde aufgescheuchter Wichtigtuer."

Der König lachte. „Ihr habt trotz eurer Jugend einen guten Ruf."

„Danke, aber gegen den Tod gibt es kein Kraut im

Garten. Euer Sohn hat hohes Fieber und einen Ausschlag."

Mittlerweile hatte Rowan den Puls gefühlt und das Gewand hochgeschoben, um die Lunge abzuhören. Die Brust war dunkelrot verfärbt und auch Arme und Beine begannen sich zu verfärben.

„Habt Ihr gehört, wie die Krankheit bei den Bauern aussieht?", fragte er.

„Hohes Fieber, Atemnot und ein dunkelrotes Gesicht."

„Hm, die haben bestimmt sehr spät um Hilfe gesandt", murmelte Rowan. Er kannte das. Die armen Menschen riefen die Magier erst, wenn es schon fast zu spät war. Viele starben, obwohl man ihnen rechtzeitig hätte helfen können. Wudon und der Heiler würden alle Hände voll zu tun haben, um die Seuche einzudämmen.

„Diese Krankheit ist ansteckend. Eure Leute müssen in der Burg bleiben, damit sie die Seuche nicht im gesamten Land verteilen. Ebenso wenig dürfen die Landleute das Dorf verlassen. Fremde dürfen nicht hierherkommen."

Talin erschien mit dem kalten Wasser, eine Magd folgte ihr mit einem Kessel heißem Wasser.

Rowan nahm ein paar Kräuter und warf sie in einen Becher mit kochendem Wasser und ließ das Gebräu eine Weile ziehen. Dann tauchte er ein Tuch in das kalte Wasser und rieb den Prinzen damit ab. Immer wieder kühlte er ihn, schließlich machte er Wadenwickel. Anschließend flößte er dem Prinzen den Kräutersud ein.

Dazu sang er Heil-Lieder. Zuerst die, die er von Wudon gelernt hatte, anschließend die seines Großvaters.

Nachdem er alle gesungen hatte, fielen ihm die uralten Weisen seiner Urgroßmutter ein, die seine Mutter ihm als kleines Kind beigebracht hatte. Die ganze Nacht verbrachte er an Ranins Krankenbett. Trotz aller Bemühungen stieg das Fieber in den nächsten Stunden. Endlich war der Höhepunkt erreicht. Erschöpft sank Rowan zusammen. Erst jetzt bemerkte er den Priester, der in einer Zimmerecke stand, wohlriechende Öle verbrannte und Gebete murmelte.

Rowan nickte ihm müde zu, legte sich vor das Bett und schlief sofort ein. Als er aufwachte, lag eine Decke über ihm. Talin saß am Ruhelager ihres Bruders. Rowan richtete sich auf und schaute auf seinen Patienten.

„Ihm geht es besser, das Fieber ist gesunken und die roten Flecken sind blasser geworden", flüsterte Talin.

Rowan überzeugte sich selbst, indem er eine Hand auf Ranins Stirn legte, den Puls maß und sich dann die Brust anschaute. Ja, der Prinz hatte die Krankheit schnell überwunden.

„Hoffentlich habt Ihr Euch nicht angesteckt", sagte er zur Prinzessin.

„Das entscheiden die Götter", meinte sie.

Rowan streckte sich. „Ich komme nachher wieder vorbei, jetzt schaue ich, ob es noch mehr Kranke gibt."

„Lasst Euch vorher etwas zu essen geben."

Doch Rowan war bereits verschwunden. Daher schickte Talin ihm eine Magd hinterher, die ihm aus der Küche einen Kanten Brot, Käse und einen Krug Wasser holte.

In der Kemenate unterhielten sich die gesunden Teilnehmer der Jagdrunde gedämpft. Ottgar saß zwischen ihnen und winkte Rowan heran.

„Können wir nicht wenigstens auf die Jagd gehen, wenn wir schon nicht in unsere Heimat zurückkönnen?", murrte Chirah gerade, als Rowan herantrat.

„Falls ihr das macht, steckt Ihr wahrscheinlich Eure Familie an. Ohne Heiler wird sicher die Hälfte der Kranken sterben", erklärte Rowan, bevor er sich zwischen Ottgar und Ludah setzte und die Speisen, die die Magd ihm brachte, verzehrte.

„Wir sind alle gesund!", behauptete ein Freund von Chirah.

„Und wer hat Prinz Ranin angesteckt?" Rowan kaute das Brot langsam. Er grübelte, wo der Prinz in den letzten Tagen gewesen sein könnte. „Sind Händler kürzlich vorbeigekommen?", erkundigte er sich.

„Nein, Wudon ist der letzte Neuankömmling hier gewesen", erklärte Ludah. „Seit dem Angriff der Trolle am See traut sich wohl keiner mehr her."

„Und der Oberpriester?", überlegte Rowan laut.

Die anderen schüttelten die Köpfe. „Der war nicht hier, er ist vom Heiligtum im Süden an- und abgereist. Der Weg führt über einen bequemeren Pass", gab Ludah an.

Sie schwiegen, keiner wagte zu fragen, ob einige Reisenden vielleicht von den Trollen ermordet worden waren.

Schließlich meinte ein Knappe: „Vor ein paar Tagen hat eine Gänsemagd Vögel hierhergetrieben."

Rowan erinnerte sich an die Gänseherde auf der Brache vor der Burg. „Woher kam sie?", fragte er nach.

„Aus dem Tal oberhalb des Wasserfalls."

„Weißt du, wo sie übernachtet hat?"

„Irgendwo im Dorf."

„Ist Prinz Ranin wieder gesund?", erkundigte sich Ottgar.

„Nein, noch nicht ganz, aber zum Glück ist er über den Berg. Er wird sich erholen. Eine Weile sah es nicht danach aus", erklärte Rowan. „Wer war mit ihm zusammen?"

„Wir alle", sagte Brodah.

„Sobald Ihr Euch kränklich fühlt, auch wenn es nur ein ungutes Gefühl ist, ruft nach mir. Je eher es behandelt wird, desto einfacher verläuft die Krankheit", mahnte Rowan und hoffte, dass die Ritter und Knappen es tatsächlich beherzigten und als harte Kämpfer nicht zu lange warteten.

Nachdem er sich gestärkt hatte, ging Rowan in seine Kammer und überprüfte die Vorräte an Heilmitteln. Falls die Krankheit bei sämtlichen Burgbewohnern ausbrach, würden die Mittel knapp werden. Vor allem das Fiebermittel würde nicht ausreichen.

Er überlegte, wo er nützliche Pflanzen gesehen hatte. Am Ufer des Bachs wuchs Hexenkraut, das war zwar nicht so gut geeignet, trotzdem besser als nichts.

Da er selbst die Burgbewohner untersuchen wollte, wandte er sich an den jüngsten Reitknecht und bat ihn, das in der Bevölkerung bekannte Kraut zu sammeln. „Geh aber nicht ins Dorf. Dort sind viele Kranke, du würdest dich anstecken", ermahnte er. Anschließend ging er durch die Burg, suchte alle Bewohner auf, beobachtete und befragte sie.

Noch bevor der Junge wieder zurück war, erschien

Wudon. Er sah blass und übermüdete aus. „In jeder Hütte gibt es Krankheitsfälle, viele sind gestorben, weil sie uns zu spät geholt haben. Wie sieht es hier in der Burg aus?"

Rowan berichtete vom Prinzen. „Außerdem habe ich den Verdacht, dass ein Koch sich angesteckt hat, ich habe ihn absondern lassen und beobachte ihn."

„Ich hatte dich nicht gerufen, damit du dich nicht ansteckst. Aber nun bleib in der Burg und behandle die Kranken. Der Heiler und ich haben in den Dörfern genug zu tun."

Wudon legte sich hin und schlief, während Rowan für ihn Kräuter und Heilmittel einpackte. Und als der Junge mit dem Hexenkraut erschien, hing er es zum Trocknen an die Zimmerdecke. Danach entfachte er das Feuer und kochte ein weiteres Medikament, dem er mehrere Heilpflanzen zugab.

Später ging er zu Ranin. Der Prinz erholte sich schnell. „Ihr müsst Euch noch ausruhen", befahl Rowan.

„Aber mir geht es gut."

Rowan grinste. „Nur wenn Ihr im Bett liegt. Sofern Ihr Euch morgen gesund fühlt, dürft Ihr aufstehen. Wenn Ihr Euch nicht daran haltet, werdet Ihr viel länger das Bett hüten müssen."

Die Drohung half, der Prinz ließ sich ermattet auf die Matratze zurücksinken und schwieg.

Beim Koch hingegen war die Krankheit inzwischen voll ausgebrochen. Er fieberte stark und die Haut war rot gefärbt. Rowan kühlte ihn, gab ihm Fiebertee und das Heilmittel, dazu sang er wie gewohnt seine Heil-Lieder.

„Hast du Fremde getroffen?", fragte er.

Der Koch schüttelte den Kopf, doch dann meinte er: „Nolin hat die Gänse gebracht. Ich habe sie ihr abgekauft und mich mehrmals mit ihr unterhalten."

„Hat Prinz Ranin ebenfalls mit Nolin gesprochen?", hakte Rowan nach und beobachtete den Kranken scharf.

Der Koch verzog sein Gesicht.

„Sprecht", forderte Rowan ihn auf.

„Er hat nicht nur mit ihr geplaudert. Er ist mit ihr ins Heu gegangen, dabei ist Nolin verlobt und hat sich geweigert, dennoch hat er sie an den Haaren in die Scheune geschleppt. Ich habe ihre Schreie gehört, aber ich habe mich nicht getraut, ihr zu helfen." Ihm liefen Tränen über die Wangen.

„Herrenrecht", murmelte Rowan leise. Ihm tat die Frau leid. Er blieb eine Weile bei dem Kranken, sang weitere Lieder und machte Wadenwickel. Erst als es dem Koch etwas besser ging, stand er auf. Am Brunnen wusch er sich gründlich mit Seife die Hände und Arme, anschließend suchte er die Küche auf und fragte, wer noch mit der Gänsemagd gesprochen hatte. Eine Magd meldete sich. „Wir sind aus dem gleichen Ort und sie hat mir von meinen Eltern und Geschwistern erzählt."

„Fühlte sie sich krank?"

Die Frau schüttelte den Kopf. „Nein, sie war auch nicht lange da, nur zwei Nächte, danach ist sie zurückgereist."

Rowan bat sie eindringlich, auf die Krankheitszeichen zu achten und sich sofort bei ihm zu melden, wenn sie welche entdeckte.

Dann fragte er weiter herum, wer mit dem Koch zusammenarbeitete. Das waren fast alle Köche,

Küchenmägde und Küchenknechte. „Achtet auf euch, in den Dörfern sind viele gestorben, weil sie Wudon und den Heiler zu spät gerufen haben. Wenn ihr euch sofort behandeln lasst, genest ihr. Sobald ihr euch abgeschlagen fühlt, Fieber bekommt oder die Haut sich rötet, ruft mich, damit ich euch helfen kann."

Anschließend suchte er den König auf. „Wudon war bei mir und hat mir vom Seuchenausbruch berichtet. Hoffentlich bleiben die Bewohner der Burg verschont."

„Ich befürchte, das Glück werden wir nicht haben", antwortete Rowan. In ihm wuchs die Sorge, dass Kustin die Ansteckungsgefahr nicht ernst genug nahm.

„Prinz Ranin hat es doch gut überstanden, vielleicht war es bei ihm eine andere Krankheit."

Rowan schüttelte den Kopf. „Nein, nur wenn die Kranken rechtzeitig behandelt werden, haben sie gute Heilungsaussichten." Er erzählte von der Gänsemagd und dem Koch.

„Und wo hat sich mein Sohn das zugezogen?"

„Das müsst Ihr ihn fragen. Nolin soll ein hübsches Mädchen sein und wie ich hörte, ist er kein Kostverächter", deutete Rowan an.

Das Gesicht des Königs lief rot an. „Meine Söhne geben sich nicht mit dem einfachen Volk ab."

Rowan verneigte sich schweigend. Bevor er ging, mahnte er noch, auf die Krankheitsanzeichen zu achten und ebenfalls die Ritter anzuhalten, die Erkrankung wichtig zu nehmen.

Natürlich hatten sich die Küchenmägde und Köche angesteckt und Rowan kam nicht mehr zur Ruhe. Er hastete von einem Kranken zum anderen. Weil er es nicht allein schaffte, wies er zwei junge Reitknechte in der Krankenpflege an. Die beiden Burschen erwiesen sich als äußerst geschickt.

„Wir kümmern uns doch immer um die verletzten und kranken Tiere. Der Unterschied ist nicht so groß. Wickel habe ich auch schon gemacht", meinte der eine nur.

Rowan lachte. „Gut, dann habe ich tüchtige Helfer." Er ließ Heil- und Fiebertees zubereiten und schaute anschließend nach den adligen Herrschaften. Die arbeiteten bedauerlicherweise nicht so bereitwillig mit.

Prinz Ranin ging es wieder besser und sogleich lief er grußlos an Rowan vorbei und sprach verächtlich über Heiler und Magier.

Prinzessin Talin traf er beim Brunnen. „Ich habe leider keine Zeit für Flötenunterricht", bedauerte er.

„Kann ich Euch unterstützen?", fragte sie und reichte ihm einen Eimer Wasser.

Rowan lächelte sie dankbar an. Warum waren ihre Brüder nicht so freundlich? Wenigstens ihr Vater schien ihn inzwischen zu schätzen, denn er verwendete bei den letzten Treffen die Höflichkeitsanrede. „Ja, beobachtet Eure Umgebung genau und berichtet mir, wenn jemand krank oder auch nur abgeschlagen erscheint, damit ich schnell helfen kann."

Sie versprach es und schickte sogar Ottgar zu ihm.

„Du solltest Abstand zu mir halten. Wer weiß, ob ich nicht längst die Krankheit in mir trage", warnte Rowan.

„Wenn ich es bekommen soll, dann ist es so", meinte Ottgar und zuckte die Achseln. „Wir brechen morgen zur Jagd auf. Der König hat es angeordnet. Du kannst sicher nicht mitkommen?"

Rowan nickte. „Ich komme nicht einmal zum Schlafen." Insgeheim war er froh, dass der König seine Hofgesellschaft beschäftigte und sie ihm das Leben nicht noch schwerer machen konnten, als es momentan schon war.

„Sind so viele krank? Ich dachte, es beträfe nur die Bauern."

„Nein", knurrte Rowan. „Fast das gesamte Küchenpersonal liegt flach."

„Ach deswegen ist das Essen so schlecht geworden."

„Es ist nur eine Frage der Zeit, bis es auch bei den Rittern ausbricht." Er griff in den Beutel und zog eine kleine Karaffe hervor. „Nimm sie mit und pass gut darauf auf. Falls auf dem Jagdausflug jemand krank wird, dann gib ihm davon zu trinken. Einen halben Löffel in einen Becher Wasser geben und alles austrinken. Sobald ihr zurück seid, schickst du ihn ins Bett und rufst mich."

„Du machst dir zu viele Sorgen", meinte Ottgar lachend. „Prinz Ranin meint, es wäre nur eine einfache Erkältung."

„Der Prinz wäre gestorben, wenn Talin mich nicht rechtzeitig geholt hätte."

„Er meint, es wäre nicht so schlimm gewesen."

„Er hat sich schnell erholt. Aber er hatte Fieberfantasien und sein Herz raste. Wahrscheinlich wird er nie wieder so kräftig wie früher werden."

Ottgar wurde ernst. „Ist es wirklich so?"

„Ottgar, du weißt, welches Ansehen Bunduar im Magierreich hat."

„Und wie viele Leben er schon gerettet hat ..." Ottgar

schwieg eine Weile, „... und wie viele auch du geheilt hast", fuhr er nachdenklich fort.

„Nur weil die Adligen hier am Königshof über uns Magier so verächtlich sprechen, heißt es nicht, dass ich plötzlich alles verlernt habe", knurrte Rowan.

„Prinz Ranin und Prinz Hrodwal mögen den König nicht. Sie versuchen, es mir gegenüber zu verheimlichen, trotzdem habe ich ein paar Gesprächsfetzen mitbekommen."

„Sei bloß vorsichtig", warnte Rowan, mehr konnte er im Moment nicht machen.

Nachdem er noch einmal nach den Kranken geschaut hatte, füllte er einen Sack mit Heiltränken, Kräutern und Salben, ließ sich sein altes Pferd Scharus satteln und ritt ins Dorf.

Wudon kam gerade von dem Besuch eines entfernten Dorfs zurück. Er führte seinen erschöpften Maulesel am Zügel. „Du sollst nicht herkommen, damit die Bewohner der Burg sich nicht anstecken", zürnte er.

„Zu spät. Die meisten Küchenkräfte liegen im Bett und bis es die Ritter erwischt, ist nur eine Frage von Tagen." Rowan stieg ab und lief neben seinem Meister her.

„Zwei Tage", nickte Wudon.

„Anscheinend hat die Gänsemagd Nolin die Seuche mitgebracht."

„Ich habe sie gestern gesehen. Sie ist gesund und auch die Dörfer am Ende des Tals sind nicht betroffen."

„Dann haben sie die Krankheit vielleicht früher schon einmal gehabt", vermutete Rowan. „Wo ist der Heiler?", fragte er und drehte sich suchend um.

„Der ist in die andere Richtung gegangen. Ich fürchte, er hat sich angesteckt, denn er hätte längst zurück sein müssen."

Da es nur wenige Einwohner vor dem Trollwald gab, verzichteten sie darauf, dem Heiler zu folgen.

Stattdessen gab Rowan Wudon den Sack mit den Heilmitteln und empfahl seinem Meister, sich hinzulegen, während er die Kranken im Dorf besuchte. Zum Glück waren nur noch zwei junge Frauen hochfiebernd. Inzwischen wurden Wudons Anweisungen zuverlässig befolgt. So sang Rowan ein paar Heil-Lieder, um die Selbstheilungskräfte anzuregen, musste sich aber nicht mehr um Wadenwickel und Fiebertees kümmern.

Danach beeilte er sich, zur Burg zurückzureiten und erreichte das Tor, kurz bevor es geschlossen wurde.

Beim Essen im Rittersaal saß er am Ende der Tafel, er hatte sich bewusst entfernt zu den Sitznachbarn gesetzt, um eine mögliche Ansteckung zu vermeiden.

Während er noch aß, waren die anderen schon längst fertig und zechten. In der Nähe des Kamins saß ein Spielmann und sang Lieder.

„Wenn Ihr nicht so viel zu tun hättet, würde ich Euch bitten, ebenfalls zu singen und zu spielen", sprach der König ihn an.

„Bitte haltet Abstand, ich bin ständig mit Kranken zusammen", warnte Rowan.

Der König lachte. „Wenn es sein soll, dann wird es geschehen. Sicher seid Ihr böse, weil wir einen Jagdausflug machen, doch ich muss die Männer beschäftigen, sonst gibt es nur Streit."

Rowan nickte. „Vermeidet bitte das Landvolk, umreitet die Dörfer."

Der König versprach es.

Rowan kam am nächsten Tag nicht dazu, sich über die Jagdgesellschaft Gedanken zu machen. Inzwischen waren die meisten Mägde und Knechte erkrankt: Und er hatte alle Hände voll zu tun, sie zu betreuen, ihr Fieber zu bekämpfen und ihnen Heilmittel zu verbreichen. In den kurzen Pausen stellte er weitere Mittel her, sortierte und mischte die Kräuter und zerkleinerte sie für den Tee.

In der Nacht kam er nicht zum Schlafen und am frühen Morgen stand ein Bauer mit einer Karre vor der Tür und brachte Magier Wudon, der im Fieberwahn lag.

„Wir haben Wadenwickel gemacht und ihm den Tee gegeben, aber es hat nichts geholfen", sagte der Landmann. Wenigstens waren die Dorfbewohner auf dem Weg der Besserung.

„Und der Heiler? Ist der zurückgekommen?", erkundigte Rowan sich und trug Wudon mit Hilfe des Bauern in ihre Kammer.

„Nein, der ist vor über einer Woche weggeritten und nicht zurückgekehrt."

Rowan bedankte sich. „Sind ein paar der Genesenen wieder so kräftig, dass sie hier helfen können?", fragte Rowan und der Mann versprach, seine Kinder zu schicken. Bald darauf trafen zwei Mädchen und ein Junge ein. Gerade rechtzeitig, um die Pferdeknechte und einige Pagen zu betreuen. Rowan hatte genug damit zu tun, sich um Wudon zu kümmern.

Nach einer durchwachten Nacht sank das Fieber und der Magier halluzinierte nicht mehr.

Erschöpft legte sich Rowan hin und schlief drei Stunden, dann weckte ihn eines der Bauernkinder.

„Meister, die Pferdeknechte sind sehr krank. Ihr müsst kommen."

Rowan raffte sich auf, schaute kurz nach Wudon, gab ihm zu trinken, griff sich den Beutel und folgte dem Jungen.

Tatsächlich fieberte der jüngste Pferdeknecht trotz Wadenwickeln hoch.

„Wir haben ihm Tee gegeben, aber er schluckt ihn nicht."

„Bring Brunnenwasser!", befahl Rowan, bevor er den Knecht hinaustrug und auf die kalten Steine des Wegs legte. Als der Junge mit einem Eimer kam, goss er, um ihn zu kühlen, das Wasser fast völlig über den Burschen. Den Rest füllte er in einen Becher und flößte es ihm ein.

Erst beim zweiten Wasserguss begann er Heil-Lieder zu singen. Die Sonne war längst aufgegangen, als das Fieber endlich sank. Er ließ den Bauernjungen beim Knecht und ging zu den übrigen Kranken. Die Kinder hatten gute Arbeit geleistet und alle gut versorgt. Einige würden schnell gesunden. Nur ein alter Pferdeknecht war sehr krank, dabei hatte er kein sehr hohes Fieber. Aber der Ausschlag war dunkel und die Haut pellte sich. Sein Hals war rot und er bekam kaum noch Luft. Rowan tropfte ihm das Heilmittel in den Mund, doch es rann wieder hinaus. Er kühlte ihn, sang die Lieder und betete. Es half nichts, der Mann wurde immer schwächer. Rowan ließ einen Küchenknecht, der die Krankheit überstanden hatte, bei ihm und schaute nach Wudon und den anderen. Viele waren auf dem Weg der Besserung, dafür gab neue Leidende.

Eine große Hilfe war die Küchenmagd aus Nolins Dorf. Sie schien gegen die Seuche unempfindlich zu sein und packte tatkräftig zu.

„Passt auf, dass Ihr Euch nicht ansteckt", warnte sie Rowan.

Er grinste leicht. „Ich hoffe, dass Magier Wudon bis dahin wieder auf den Beinen ist."

Vorsichtshalber wies er seine Helfer an, wie sie die Kranken behandeln mussten. „Wenn alles nicht hilft, legt ihr die Kranken draußen auf den kalten Boden und begießt sie mit Wasser", ordnete er an.

Bevor er sich zur Ruhe legte, sah er nach dem Pferdeknecht. Doch der Mann war zwischenzeitlich gestorben. Rowan befahl, ihn in der Vorburg auf einem Scheiterhaufen zu verbrennen.

„Soll er nicht bestattet werden?", fragte der Bauernjunge entsetzt.

„Wir haben keine Kraft dazu. Wenn er liegen bleibt, steckt er die Gesunden an."

„Wudon hat es im Dorf ebenfalls befohlen. Unser Dorfältester meinte, deswegen sind so viele gestorben. Die Geister sind böse auf uns. Tote dürfen nicht verbrannt werden."

Rowan schüttelte den Kopf. „Die Götter verzeihen es in Notlagen, denn auch eine Leiche kann Krankheiten übertragen."

Er sorgte dafür, dass der Mann eingeäschert wurde, danach legte er sich neben Wudon schlafen. Dem Magier ging es etwas besser, aber er war noch immer sehr krank und nicht ansprechbar.

11.

Am Morgen wies Rowan die Helfer sorgfältig in die Krankenpflege ein. Er zeigte ihnen mehrere Möglichkeiten, wie sie das Fieber senken und die Krankheit mit Heilmitteln bekämpfen konnten. Selbst einfache Heil-Lieder brachte er ihnen bei. Besonders talentiert erwies sich Talin, was ihn nicht wunderte, schließlich waren ihre Vorfahren, genauso wie seine, magisch begabt gewesen, auch wenn es sich bei ihnen eher in ihren Liedern zeigte.

Als die Jagdgesellschaft gegen Mittag noch nicht zurück war, ließ sich Rowan sein Pferd satteln und machte sich, begleitet von Durlin, dem älteren Bauernjungen, auf die Suche. Er vertraute seinen Fähigkeiten, mit den Naturgeistern zu reden. Irgendwo würde er die Männer bestimmt finden.

Er ritt die Strecke ab, die die Jäger geplant hatten. An einer Lichtung fand er ihre Spuren. Das Gras war zertrampelt und in einer Ecke lagen die ausgeweideten Reste einiger Hirsche und Wildschweine. Es sah aus, als ob sie sehr erfolgreich gewesen waren. Bloß, warum waren sie nicht zurückgekehrt?

Er befahl dem Jungen, die Tiere zu tränken und sich auszuruhen. Er selbst versenkte sich in sein Inneres. Die alte Felseneiche gab ihm Auskunft. Der Baumgeist war verärgert, da ein Keiler in seinen Stamm gerast war und die Rinde erheblich beschädigt hatte. Rowan sang ein Heil-Lied für ihn, um ihn zu beruhigen. Zum Dank erfuhr er, dass die Ritter nach Osten aufgebrochen waren, obwohl zwei Männer „in Gestellen" mitgenommen wurden, da sie nicht mehr reiten konnten.

Die ersten Männer waren also erkrankt. Rowan sorgte sich sogleich um seine Bekannten, deshalb dankte er knapp und rief Durlin. Sie folgten der Jagdgesellschaft. Rowan wurde unwohl, er spürte die Nähe der Trolle.

„Gibt es hier Bergwerke?", fragte er. Doch der Junge kannte sich nicht aus. „Mein Vater nimmt die Straße, wenn er in die hintersten Dörfer des Tals will. Der Wald ist zu gefährlich."

Rowan nickte. Aber wie sollte er die Männer finden, wenn er von ihrem Weg abwich?

Er war müde, fühlte sich erschöpft und so rasteten sie erneut, sobald es dunkel wurde.

„Und die Trolle?", fragte der Junge ängstlich.

„Sie werden uns nichts anhaben, die Geister beschützen uns", meinte Rowan. Er gab sich zuversichtlicher, als er war. Vorsichtshalber nahm er sofort Verbindung zu einem Quellgeist und einem Baumgeist auf und beide versprachen, aufzupassen und sie rechtzeitig vor einer eventuellen Gefahr zu warnen.

„Habt ihr die Ritter gesehen?", fragte er den Baumgeist.

„Ja, kurz nach Sonnenaufgang sind sie vorbeigekommen. Sie waren langsam, weil sie fünf Kranke dabeihatten."

Trotzdem brauchten Rowan, Durlin und die Tiere eine Pause, deshalb sie schliefen erst einmal. Am nächsten Morgen schmerzten Rowans Glieder und er fieberte. Er trank einen Fiebertee und verzichtete auf Nahrung, um den Körper zu entlasten.

„Herr, werdet nicht krank. Ich verirre mich allein im Wald", jammerte Durlin.

Rowan lachte leise. „Du brauchst keine Angst haben. Falls ich so krank werde, dass ich dich nicht mehr zurückführen kann, dann binde mich auf dem Pferd fest. Scharus ist ein Zauberpferd, er ist klug und wird den Weg zurückfinden. Er wird auch drohendem Unheil ausweichen und uns sicher heimbringen."

„Wirklich?", der Junge zweifelte.

„Tatsächlich. Der Wallach hat mich schon mehrmals durch Gefahren getragen. Er spürt sie früher als ich."

Gegen Mittag erreichten sie die Jagdgesellschaft, die erschöpft an einem Wasserfall lagerte.

Ottgar begrüßte Rowan erfreut. Doch der König und die ihm bekannten Ritter Ludah, Brodah und Chirah fieberten so hoch, dass sie ihn nicht wahrnahmen.

„Warum seid ihr nicht umgekehrt?", fragte Rowan den Freund verärgert. „Ich habe die Kranken in den Dörfern und auf der Burg im Stich gelassen, um euch zu suchen."

„Der König wollte zum Einsiedler Sidolan, der soll hier irgendwo leben. Seine Hütte sollte viel näher sein als Burg Eichenfels. Aber wir haben sie nicht gefunden."

„Wer hat euch denn geführt?" Entkräftet setzte sich Rowan auf einen Stein und nahm einen Schluck Wasser.

„Prinz Hrodwal."

Rowan schaute sich suchend um. „Und wo ist er?"

„Er holt mit Prinz Ranin Hilfe."

„Hoffentlich nicht die Trolle", knurrte Rowan und stemmte sich mühsam wieder hoch.

„Gibt es welche?"

„Ja, und sie sind hinter uns her."

Ottgar wurde bleich.

Rowan und Durlin begannen, die Kranken zu kühlen, indem sie sie entkleideten und sie mit kaltem Wasser des Wasserfalls begossen.

Ottgar entzündete ein Feuer und setzte einen Kessel Wasser auf, um Fiebertee zu kochen. Rowan holte den Trinkschlauch mit dem Heiltrank hervor und flößte ihn den Kranken ein. Lange würde er nicht reichen. Besorgt überlegte er, wie er die Männer zurück zur Burg bringen könnte oder wenigstens in das nächste Dorf.

Der Junge konnte ihm keine Auskunft geben und selbst die Ritter, die noch nicht zu krank waren, hatten keine Ahnung, wo sich die nächste Siedlung befand.

Nachdem alle versorgt waren, nahmen auch Rowan und Ottgar von den Heilmitteln. Und Rowan sang die alten Lieder mit krächzender Stimme, bis sie völlig versagte. Danach zog er sich zwischen den Bäumen zurück und rief mit einem Elfenfeuer Sirii.

„Du solltest lieber im Bett liegen, als im Wald herumreiten", meinte Sirii sarkastisch.

„Ich kann Ottgar und Kustin nicht im Stich lassen", verteidigte sich Rowan.

„Ihr könnt nicht umkehren. Die Trolle haben die Wege hinter euch abgeriegelt."

„Und wo sind die Prinzen Hrodwal und Ranin?" Er wischte sich den Schweiß von der Stirn, dann wickelte er den Umhang enger um seinen Körper, denn obwohl er Fieber hatte, fror er.

„Bei den Trollen."

„Und ihnen geschieht nichts?" Sein Kopf schmerzte, sodass er nicht mehr klar denken konnte.

„Hrodwal hat mit ihnen einen Vertrag geschlossen. Sobald er Herrscher ist, erhalten sie sämtliche Bergwerke zurück und die Wälder, die dazugehören."

„Ranin ist Thronfolger, wieso glaubt Hrodwal, dass er Verträge mit den Trollen machen kann?", fragte Rowan nachdenklich.

Sirii verzog nur verächtlich sein Gesicht, blieb aber eine Antwort schuldig.

Wollte Hrodwal nicht nur seinen Bruder König Kustin ausschalten, sondern anschließend auch seinen Neffen Ranin, um die Macht zu erlangen?

„Das hieße, Hrodwal würde in dem Fall mehr als drei Viertel des Ostreichs opfern?", fragte er kopfschüttelnd.

Sirii nickte.

Rowan war zu müde, um länger darüber nachzudenken. Solche Geschichten kannte er bisher nur aus alten Sagen. „Gibt es in der Nähe eine Siedlung einen Magier oder ein Kloster, irgendjemand, der uns helfen kann?", fragte Rowan. Er lehnte sich gegen einen Baumstamm.

Sirii schüttelte den Kopf. „Nein, aber auf dem Berg wohnt eine Hexe."

„Ist sie uns wohlgesonnen?"

„Ich weiß es nicht."

„Und wie steht sie zu den Trollen?"

„Sie lassen sich gegenseitig in Ruhe, sie halten Burgfrieden."

„Dann müssen wir zu ihr. Schaffen die Pferde den Weg?"

„Die Tiere ja, deine Ritter kaum."

Rowan griff sich an den schmerzenden Kopf. „Sie müssen. Wir müssen sie auf den Pferden festbinden. Aber wir können unmöglich hierbleiben."

Am nächsten Morgen weckte Sirii ihn lange bevor die Sonne aufging. Die Heiltränke hatten ihre Wirkung getan und Rowan fühlte sich etwas wohler als am Abend zuvor. Trotzdem fieberte er noch, hatte allerdings nur eine kleine Verfärbung auf der Brust und sein Hals schmerzte nur leicht.

Er schüttelte Ottgar und den Bauernjungen und während Durlin die Pferde sattelte, entfachte Ottgar ein Feuer und kochte Fiebertee. In der Zeit besuchte Rowan die Kranken und sang leise seine Lieder. Nachdem er ihnen die Mittel eingeflößt hatte, hoben sie mit gemeinsamen Kräften die Kranken auf die Pferde und banden sie fest.

„Du musst vorangehen", wies er den Jungen an. Er zeigte ihm den Weg. „Ich werde dir Anweisungen geben, wenn der Weg sich gabelt", erklärte er.

Der Durlin führte zu Fuß mehrere Pferde. Dann folgte Ottgar, der ebenfalls die Zügel einiger Tiere hielt.

Rowan ritt am Ende. Auch er führte notgedrungen drei Pferde, obwohl er lieber allein geritten wäre, um notfalls umzukehren oder den Weg zu verwischen. So war er auf die Hilfe von Sirii angewiesen.

Er freute sich, als er ein paar Feen entdeckte. Sie versprachen, ihm zu helfen, und verbargen seine Spuren. Eine besonders listige Fee holte einen Schwarm Bienen, der den Trollen entgegenflog und sie angriff.

An den entsetzten Schreien der Trolle erkannte Rowan, wie dicht sie ihnen schon auf den Fersen waren. Deshalb trieb er Ottgar an, schneller zu laufen. Ohne Pause und ohne Rücksicht auf die Kranken, die laut stöhnten und im Fieberwahn brabbelten, zogen sie weiter.

Es ging durch eine Schlucht, die Rowan an die Klamm erinnerte, in der die Drachen sie einst angegriffen hatten.

Ottgar blieb stehen. „Es geht nicht, ich kann nicht mit vier Handpferden den schmalen Weg nehmen", klagte er.

Rowan sah es ein. Durlin war mutig vorangeschritten. Er schien ein gutes Händchen für die Pferde zu haben, denn sie folgten ihm aneinandergebunden, ohne einen Fehltritt zu machen. Rowan zögerte. Er ließ Ottgar ungern zurück, doch es gab keine andere Möglichkeit.

„Du musst hierbleiben und auf die Männer aufpassen. Ich bringe die Kranken bergauf und hole dich dann ab."

Er band drei Pferde aneinander, führte das vorderste am Zügel und lief zu Fuß weiter, angespannt, immer mit den Tieren im Gespräch, um ihre Aufmerksamkeit zu erhalten. Scharus folgte allein. Langsam, aber stetig kamen sie voran, bis sie endlich ein Hochplateau erreichten. Durlin wartete schon auf ihn.

„Ihr seid krank, Ihr fiebert", sagte er. Rowan nickte. Die letzten Meter hatten seine restlichen Kraftreserven beansprucht.

„Hilf Ottgar. Er ist das Gebirge nicht gewohnt und kann nicht so viele Pferde auf einmal heraufführen."

Ohne eine Antwort eilte der Junge zurück, während Rowan das Heilmittel aus der Tasche zog und ein paar

Tropfen zu sich nahm. Dann beugte er sich zu einem Bach und kühlte Stirn und Arme, schließlich zog er Stiefel und Strümpfe aus und stellte sich ins Wasser. Erst als er das Gefühl hatte, dass es Wirkung zeigte, kümmerte er sich um die festgebundenen Männer. Er reichte ihnen zu trinken. Danach übergoss er sie mit Wasser, um das Fieber zu senken.

Inzwischen hatten Ottgar und der Junge ihn erreicht. Durlin tränkte sofort die Pferde.

Unterdessen trank Ottgar und badete ebenfalls im Bach.

„Die Hütte ist auf einem Felsen hinter dem letzten Hang", wisperte Sirii Rowan ins Ohr.

„Und die Trolle?"

„Haben mit der Steigung Schwierigkeiten. Sie sind zu ungelenk und kommen auf dem schmalen, steilen Pfad nur langsam voran."

„Können wir sie aufhalten?"

Sirii zögerte.

„Können wir ihnen mit Bäumen oder Felsen den Weg versperren?"

„Dann kommt ihr selbst auch nicht mehr ins Tal."

Rowan musterte die Felswände. „Das überlegen wir dann, wenn es so weit ist. Da oben liegen Steine, kannst du sie hinabstoßen?", fragte er seinen Elfenfreund.

Sirii verzog sein Gesicht. „Sie sind schwer."

„Nimm lange Äste und heble sie hoch." Er lächelte schwach. „Ich bin sicher, deine Freunde begleiten dich und werden dir helfen."

„Ich weiß nicht, ob sie wirklich auf dem Weg landen."

Aber Rowan nahm diesen Einwand nicht ernst, daher

wartete er nicht ab, ob sein Beschützer ihm helfen würde, sondern stieg auf Scharus und trieb seine Kameraden zur Eile an, er musste so schnell wie möglich zu der Hexe gelangen.

Er hatte Mühe, sich auf dem Wallach zu halten. Von jedem anderen Tier wäre er heruntergefallen, so geschwächt war er inzwischen. Doch der treue Scharus trug ihn behutsam den Weg entlang und sorgte dafür, dass die Pferde vor ihm Durlin zügig folgten.

Hinter dem Hang ging es steil bergab. Dem Bauernjungen blieb nichts anderes übrig, als alle Tiere mit ihren hilflosen Reitern einzeln hinunterzuführen. Nur Ottgar und Rowan schafften es allein, dank ihrer zuverlässigen Pferde.

Sie ritten durch einen dichten Zirbenwald, der sich in der Talsenke in einer engen Schlucht befand. Schließlich öffnete sich das Tal vor ihnen und auf einer Felsennadel hoch oben thronte ein kleines, steinernes Haus.

„Wir sind am Ziel." Ottgar atmete auf, als er die Hütte sah.

„Aber wie kommen wir hinauf?" Durlin musterte den Felsen und zog seine Brauen hoch.

„Überhaupt nicht", gab Rowan müde zurück. Er kniff die Augen zusammen, um einen passenden Unterschlupf für die kleine Gruppe zu suchen. Tatsächlich entdeckte er einen Höhleneingang am Fuße des Felsens. „Lasst uns zu der Höhle reiten", murmelte er undeutlich.

Durlin saß ab und suchte in Rowans Sack nach dem Heilmittel. Davon gab er ihm ein paar Tropfen.

„Es ist fast leer! Was sollen wir jetzt machen?", fragte Durlin verzweifelt.

„Kühlen und den Fiebertee geben", murmelte Ottgar.

Der Weg war mühsamer, als sie gedacht hatten. Sie brauchten mehrere Stunden, um die Grotte zu erreichen.

Durlin zögerte, sie zu betreten, deshalb stieg Ottgar vom Pferd, nahm die Lanze in beide Hände und ging vorsichtig hinein. Eine Eule schreckte auf und flog mit einem Schrei knapp über seinem Kopf ins Freie. Ottgar zuckte kurz zusammen, dann lief er weiter. Langsam gewöhnten sich seine Augen an die Dunkelheit. Und als sich eine Raubkatze mit geschmeidigen Sprüngen näherte, zog er sich in eine Nische zurück, die Lanze abwehrbereit erhoben. Doch die Katze beachtete ihn nicht, sondern floh nach draußen.

Er drang noch tiefer ein. Hier war es frischer als im Freien und er hörte Wasser plätschern. Ein Bär brummte und tapste an ihm vorbei. Kurz hielt er inne, witterte in Ottgars Richtung, bevor er die Höhle verließ. Ottgar wunderte sich, dass die Tiere ihn scheuten, bis er ein leises Lachen vernahm, das er einst beim Thronjubiläum seines Vaters in einer anderen Höhle vernommen hatte, in der er und Rowan Schutz vor den Drachen gesucht hatten. „Hab Dank, Sirii!", murmelte er.

Die Höhle weitete sich zu einer großen Halle, an deren anderem Ende sich ein See befand.

Ottgar ging ein Stück zurück zum Höhleneingang und rief: „Rowan, ihr könnt kommen. Sirii scheint die wilden Tiere vertrieben zu haben." Dann kniete er sich am See nieder und trank durstig von dem erfrischenden Nass. Anschließend ließ er sich in das Wasser gleiten und kühlte sich ab.

„Ist das Wasser genießbar?", fragte Durlin.

„Ich habe es getrunken und es ist herrlich kalt."

Der Junge führte Scharus bis an das Ufer, dort half er Rowan beim Absteigen. „Ihr solltet euch ebenfalls abkühlen", empfahl er.

Rowan nickte, dann brummelte er undeutlich. „Sorg dafür, dass alle Kranken gekühlt werden. Falls die Elfen uns die Hexe nicht schicken, musst du den Felsen zur Hütte hochklettern und die Hexe um Hilfe bitten."

Durlin versprach es, bevor er hinauslief und die Ritter auf den Pferden nacheinander hineinführte.

Trotz des kalten Wassers versank Rowan im Fieberwahn. Eine junge Frau beugte sich über ihn, gab ihm zu trinken, rieb seine Brust mit einer Salbe ein und murmelte Zaubersprüche. In seinem umnebelten Geist ähnelte sie seiner Mutter.

Er wachte von dem Gesang einer Nachtigall auf, öffnete die Augen und schaute in die Dunkelheit. Er brauchte eine Weile, um zu erfassen, was er sah. Er lag noch immer am See in der Höhle, war aber in eine Decke gehüllt. Ein Feuer, über dem ein Kessel hing, beleuchtete das Lager.

Mühsam richtete Rowan sich auf. Neben ihm lagerten die Ritter, die meisten schliefen, doch ein paar saßen am Feuer. Ein Mann sprach leise mit den Pferden. Anscheinend versorgte er sie in einer Nebenkammer der Haupthöhle, wie Rowan an den Geräuschen der Tiere erkannte.

„Geht es wieder besser?", fragte eine helle Frauenstimme. Rowan drehte seinen Kopf in ihre Richtung. Sie kniete an Ludahs Seite, stützte ihn und gab ihm zu trinken.

„Wer seid Ihr?" Rowans Stimme hörte sich krächzend an. Er räusperte sich, trotzdem besserte es sich nicht.

„Ich bin Haiwa, Durlin hat uns um Hilfe gebeten."

„Das Haus auf der Felsennadel. Seid Ihr ..."

„Nein, ich bin nicht die Hexe Sidawa. Ich bin nur ihre Schülerin." Sie lachte ein ansteckendes, perlendes Lachen, sodass Rowan ebenfalls lächelte.

„Danke, dass Ihr Euch so rührend um uns kümmert", murmelte er.

„Bunduars Enkel können wir doch nicht hilflos vor der Haustür liegen lassen", meinte sie. Ludah hatte den Becher geleert und sie ging zum Feuer und schöpfte aus dem Kessel weiteren Tee. Damit kehrte sie zu Rowan zurück und half ihm, das heiße Getränk zu schlürfen. Während er sich abquälte, trotz des entzündeten Halses zu trinken, sang sie ein altes Heil-Lied, das Rowan von seiner Mutter kannte.

„Sidawa hat das Mittel und das Lied von Eurem Großvater", flüsterte sie, bevor sie aufstand und zu dem nächsten Kranken ging.

Inzwischen erkannte Rowan auch eine alte Frau, die in einer dunklen Tunika gehüllt war und mit Haiwa zusammen die Bettlägerigen versorgte. Das musste Sidawa sein. Rowan konnte sich nicht erinnern, den Namen jemals gehört zu haben. Wenn sie eine Schülerin von Bunduar war, warum hatte sein Großvater ihn nicht zu ihr geschickt? Erschöpft schlief er wieder ein.

Als er das nächste Mal erwachte, fühlte er sich schon wesentlich wohler. Die Haut spannte nicht mehr so stark, ein Zeichen, dass der Ausschlag und die Schwellung zurückgegangen waren. Auch der Hals schmerzte kaum.

Er lag wach, wartete, dass sich die Augen an die schwachen Lichtverhältnisse gewöhnten, und beobachtete die Umgebung.

Die meisten Ritter saßen oder liefen herum. Sie schienen die Seuche gut überwunden zu haben. Allerdings entdeckte er weder Brodah noch den König.

„Wie geht es Euch?", fragte eine brüchige Frauenstimme. Er wandte den Kopf. Sidawa stand vor ihm. Sie kniete sich nieder und gab ihm einen Becher mit heißem Tee. „Ich hatte bereits Sorge, dass Ihr es nicht schaffen würdet. Ihr spracht auf meine Heilmittel nicht an."

„Ich habe meine eigenen eine Weile genommen. Wahrscheinlich haben sie deshalb nicht gewirkt."

„Wenn der Heiler krank ist, sollte er sich lieber schonen."

„Es gab niemanden, der es hätte machen können, bis Ihr uns geholfen habt." Rowan war müde, noch immer steckten ihm die anstrengende Arbeit und die Krankheit in den Knochen.

„Und der große Magier?", frage die Hexe.

„Wudon? Lag ebenfalls geschwächt im Bett, als ich mich auf die Suche nach dem König und seinen Mannen gemacht habe." War das erst ein paar Tage her? Ihm kam es wie eine Ewigkeit vor. So viel war seit der Rückkehr von Kloster Eichenborn geschehen.

„Auf Burg Eichenfels gibt es doch einen Heiler."

Wache Augen beobachteten ihn. Er fühlte sich an seine Freunde im Magierland erinnert, der Oberpriester und die anderen Magier hatten denselben aufmerksamen

Blick, dem so schnell nichts entging. „Der ist aus den Dörfern nicht zurückgekehrt. Hoffentlich lebt er noch", murmelte Rowan bedrückt.

„Eure Heilmittel haben hervorragende Dienste geleistet. Bei der letzten Gänse-Seuche sind fast alle Erkrankten gestorben. Ich hoffe, die Ritter wissen es zu würdigen!" Sie sprach mit erhobener Stimme.

Rowan grinste. Wahrscheinlich hatte die Gesellschaft selbst in ihrer Gegenwart über die Magier gelästert.

„Euer Großvater war ein guter Lehrmeister. Er hat mir viel von der Heilkunst beigebracht. Leider verlangte der alte König Manrax, dass ich der Hexenkunst abschwöre und nur als Heilerin lebe. Als ich seinem Befehl nicht folgte, verbannte er mich und ich zog in das Südreich, wo ich bei einem Hexenmeister meine Fähigkeiten vervollkommnete."

„Und wann seid Ihr zurück ins Ostreich gezogen?", fragte Rowan gespannt.

„Vor ein paar Jahren. König Hroal war schon lange König. Aber ich zog es vor, das Haus meiner Vorfahren zu beziehen und mich vom Hof fernzuhalten. Inzwischen habe ich mich an mein Leben im Gebirge gewöhnt, auch wenn Hroals Bruder, König Kustin, uns gegenüber erheblich freundlicher ist."

Der Geruch von gegrilltem Fleisch zog zu ihnen hinüber. Rowan schaute zum Feuer. Haiwa schnitt Fleischstücke von der Hirschkuh, die über dem Feuer briet, und reichte sie den Rittern. Chirah stand neben ihr, scherzte mit ihr und drehte den Spieß, damit das Fleisch gleichmäßig garte.

„Ihr solltet eine Weile bei mir bleiben, damit Ihr Euch

vollständig erholt", schlug Sidawa vor.

Rowan ahnte sofort, dass sie ihn vom Hofstaat fernhalten wollte. Sicher konnte er von ihr eine Menge lernen. Vielleicht konnte er ihr im Gegenzug etwas von seinem Wissen beibringen.

„Ich fühle mich wirklich recht schwach. Doch was ist mit dem König?" Für sich dachte er: Wer passt auf Ottgar auf?

„König Kustin ist auf dem Weg der Besserung. Demnächst wird er den Rückweg antreten können", erwiderte die Hexe.

„Ist denn der Weg wieder frei? Die Trolle waren hinter uns her."

Sie kicherte und konnte sich überhaupt nicht wieder beruhigen. Erst nach einer Weile meinte sie: „Die habe ich mit Hilfe der Elfen vertrieben. Sie hätten sich nie hierhergetraut, wenn es am Hof keine Schurken gäbe."

Diese Aussage gab Rowan zu denken. In einem ruhigen Augenblick, die anderen Genesenden waren alle zu den Pferden gegangen, fragte Rowan sie nach den Verrätern aus, aber sie äußerte sich nicht dazu, hob nur die Schultern und schüttelte den Kopf. Offensichtlich wollte sie keinen Namen nennen – oder wusste sie ihn nicht?

12.

Nach zwei Tagen zogen die Ritter ab.

„Durlin, geh mit den Männern, dein Vater braucht dich sicher auf dem Hof", sagte Rowan.

Doch der Bauernjunge schüttelte den Kopf. „Ich habe

143

meinem Vater versprochen, Euch zu dienen und auf Euch aufzupassen. Ihr seid hier doch fremd."

Rowan konnte ihn nicht überreden, mitzugehen. Sidawa stimmte dem Jungen zu und meinte, sie könne bei ihren Tieren Hilfe gebrauchen. So blieb Durlin mit Rowan zurück.

König Kustin wollte Rowan nicht zurücklassen, doch Rowan drängte ihn, zur Burg zurückzureiten.

„Ihr müsst nach Euren Leuten schauen. Sie sind sicher voller Sorge um Euch. Als ich wegritt, um Euch zu suchen, war Magier Wudon sehr schwer erkrankt und konnte sich nicht um die Leidenden kümmern. Ich habe die Pflege Durlins Bruder und Schwester und ein paar Mägden überlassen. Allerdings dachte ich, dass ich schneller zurück wäre."

Er warf einen Blick zu Sidawa und meinte: „Außerdem kann ich hier, während ich wieder ganz gesund werde, bestimmt einiges lernen, von dem selbst Wudon keine Ahnung hat."

Der König lachte dröhnend. „Sidawa gilt als beste Zauberin aller Zeiten."

Rowan lachte ebenfalls, bekam gleich einen Hustenanfall und verzog schmerzhaft sein Gesicht, weil seine Brust schmerzte.

„Sagt es ihr aber nicht, sonst bildet sie sich zu viel ein. Wie ich gehörte habe, ist sie ist jetzt schon schwierig genug."

Rowan versprach es ihm. Auch Ludah und Brodah verabschiedeten sich von Rowan, dann folgten sie dem König und seinen Männern aus der Höhle hinaus.

Ottgar hatte ihm in den letzten Stunden öfter

Gesellschaft geleistet. Er hatte nur zwei Tage leichtes Fieber gehabt und sich rasch erholt. Er setzte sich auf das Stroh, auf dem Rowan lag.

„Ich bleibe hier."

„Nein, du sollst ein Ritter werden und nicht bei einer Hexe als Lehrling beginnen."

„Mit mir könnte sie auch nichts anfangen." Ottgar grinste ihn an. „Ich bin leider hoffnungslos."

Rowan griff nach Ottgars Hand und hielt sie eisern fest. „Am Hofe König Kustins gibt es Intrigen. Die könnten uns in Lebensgefahr bringen, zudem das Magierreich gefährden. Halte Augen und Ohren offen, schweig zu allem, vertraue niemanden und flieh notfalls, bevor es zu einem Bruderkrieg kommt."

Ottgar schaute ihn erschrocken an. „Aber die Ritter verstehen sich doch so gut untereinander."

„So scheint es", meinte Rowan grimmig. „Tatsächlich verhandelt jemand mit den Trollen und dass Herzog Vlotan mit seinen Leuten umgekommen ist, war wohl geplant."

„Wer sollte gegen den König sein? Er ist ein braver Landesvater, sorgt für sein Volk, hat allen Frieden und Reichtum gebracht."

„Wer hat einen Vorteil, wenn er nicht mehr lebt?"

Ottgar runzelte die Stirn. „Seine Kinder."

„Und wer noch?"

„Seine Brüder."

„Sonst noch jemand?"

„Seine Schwäger. Vielleicht auch irgendwelche Vettern."

„Sei aufmerksam und vorsichtig. Möglicherweise

bemerkst du etwas. Aber verrate es niemandem, sonst bringst du dich in Lebensgefahr", warnte Rowan eindringlich. Aus Sorge verschwieg er Ottgar, dass er die Prinzen Hrodwal und Ranin als Anführer der Verräter vermutete.

Durlin näherte sich ihnen. „Herr, die Männer brechen auf. Ihr müsst Euch beeilen."

„Geh, lerne alles, was ein Ritter braucht. Ich folge, sobald ich wieder gesund bin und genug gelernt habe. Sage bitte auch Wudon Bescheid und grüße ihn von mir."

„Und wenn ich Hilfe benötige?", warf Ottgar ein, dem es sichtlich schwerfiel, seinen Freund zurückzulassen.

„Dann schicke Scharus zu mir."

Da Sidawa weder einen Stall noch Weiden hatte, sollten die Ritter Rowans und Durlins Tiere mitnehmen. Rowan hatte gemeint, sie könnten später zu Fuß zurückkehren.

„Scharus? Du meinst, der findet zu dir?"

„Schicke ihn ungesattelt und ohne Zaumzeug los. Bitte ihn, zu mir zu laufen", erklärte Rowan, „dann wird er mich finden."

Ottgar sah ihn ungläubig an, sagte aber nichts mehr.

Zum Schluss fiel Rowan noch etwas ein. „Falls du ernsthafte Probleme am Königshof hast, flieh ins Kloster Eichenborn. Die Mönche werden dir weiterhelfen."

„Kann ich ihnen wirklich vertrauen?"

„Ja! Natürlich können sie nicht für dich kämpfen. Sie werden aber einen Weg finden, dich ins Magierreich in Sicherheit zu bringen."

Ottgar umarmte Rowan. „Werde wieder gesund. Ich fühle mich so allein und hilflos ohne dich und Mardok."

„Wir müssen erwachsen werden und unsere eigenen Wege gehen", meinte Rowan ernst. Sein älterer Freund kam ihm noch immer so unselbstständig und kindisch vor.

„Könnt Ihr Euch überhaupt nicht trennen?" Der König stand im Höhleneingang und rief es mit donnernder Stimme.

„Ich tue schon mein Möglichstes", antwortete Rowan.

„Möge die Göttin mit dir sein", wünschte er Ottgar. Bewegt umarmte Ottgar seinen Freund und verließ die Höhle.

Rowan schlief ein. Als er erneut erwachte, saß Haiwa an seiner Seite. Es war unheimlich still um sie herum. Keine Gespräche, keine Geräusche von den Pferden. Nicht einmal das Feuer knackte. Das Feuer, das seit Tagen in der Höhle gebrannt hatte, war erloschen. Nur eine Fackel, die neben Rowan im Boden steckte, spendete Licht.

„Seid Ihr kräftig genug, mit meiner und Sidawas Hilfe den Felsen hochzuklettern?"

Rowan zuckte mit den Schultern. „Ich werde es versuchen."

Er richtete sich auf. Ihm war schwindelig, deshalb blieb er vorsichtshalber sitzen. Erst nachdem sich der Schwindel gelegt hatte, stand er auf. Mühsam stolperte er, auf Haiwa gestützt, zum Eingang.

Sidawa nahm Haiwa die Decke, in die sich Rowan gewickelt hatte, ab.

„Euren Sack mit Euren Habseligkeiten und den restlichen Heilmitteln hat Durlin schon in die Hütte gebracht."

Nach einigen Schritten hielt Rowan inne und schnappte nach Luft. „War überhaupt noch etwas übrig?", keuchte er.

„Wenig, Sidawa meint, die Reste wären keine Mittel gegen die Krankheit, sondern Salben bei Verletzungen."

Rowan nickte. Ja, er hatte auch ein paar andere nützliche Heilmittel eingepackt, da er nicht wusste, ob sich nicht einer der Jäger verletzt hatte.

Unterstützt von Haiwa und Sidawa, mit vielen längeren Pausen, schaffte Rowan es schließlich bis auf die Spitze der Felsnadel. Überrascht blieb er stehen und schaute sich um. Auf dem Felsen stand die Hütte direkt am Abgrund. Außerdem gab es einen kleinen Garten mit Kräutern und Gemüse, einen Stall mit zwei Ziegen und etlichen Hühnern. Eine Zisterne lieferte das Trinkwasser.

„Hier oben ist mehr Platz, als ich erwartet habe", staunte Rowan. Dankbar, sich ausruhen zu können, ließ er sich auf der Bank, die vor dem Haus stand, nieder und blickte übers Land.

„Da hinten ist Burg Eichenfels", sagte Durlin und wies mit der Hand in die Richtung. „Bei gutem Wetter sieht man sie."

„In der Ferne erkennt man bei klarer Sicht sogar die Hauptstadt mit Burg Greifenburg", erklärte Haiwa und zeigte nach Westen.

„Dann ist das Dunkle dazwischen der Wald, in dem die Trolle Herzog Vlotan angegriffen haben", überlegte Rowan. Er musterte die Gegend gründlich. Er spürte, dass er eines Tages eine genaue Ortskenntnis benötigen würde.

„Warum hat Euer Magier die Zeichen der Gefahr nicht erkannt?", fragte Sidawa.

Rowan schwieg. Die Frage hatte er sich selbst immer wieder gestellt. Allerdings hatte auch er erst im letzten Augenblick die Bedrohung gefühlt und seine Warnung war nicht wirklich ernst genommen worden. König Kustin war ihm wohl eher gefolgt, weil er keine diplomatischen Verwicklungen mit König Wilhar haben wollte, als dass er ihm geglaubt hatte.

Da er erschöpft war, blieb er schweigend auf der Bank sitzen. Gegen Abend nahm er von dem Brot und dem Gemüse, das Haiwa ihm hinstellte nur wenige Bissen, wenigstens zwang er sich, den Heiltee, den Sidawa ihm gebraut hatte, zu trinken. Vor Sonnenuntergang begab er sich in die Hütte und legte sich auf dem Strohsack neben dem Eingang zur Ruhe. Durlin legte sich später dazu. Die beiden Frauen schliefen in dem Bett, das sich über dem Ofen befand.

Rowan schlief lange, und als er erwachte, fühlte er sich zum ersten Mal, seit die Seuche ihn ereilt hatte, wieder klar im Kopf. Die Schmerzen waren verschwunden und der Ausschlag war kaum noch zu sehen.

„Wie geht es Euch?", fragte Sidawa, als sie von draußen hereinkam.

„Besser, Euer Mittel hat Wunder gewirkt."

Sidawa machte eine wegwerfende Handbewegung. „Ihr wärt auch ohne Heilmittel genesen."

Sie half Rowan, aufzustehen und sich im Freien auf die Bank zu setzen. Die Sonne schien und über ihnen flog eine Lerche und sang ihr Lied.

„So weit im Gebirge", staunte Rowan.

„Diese Art Lerchen gibt es bei euch nicht. Sie leben nur hier bei uns. Ihr erkennt sie an den rötlichen Flügeln", erklärte Sidawa.

Sie setzte sich auf einen Stein in Rowans Nähe und Haiwa nahm neben ihr Platz. Dann begann Sidawa eine uralte Ballade zu singen. Rowan hörte zu, doch er kannte sie nicht. Die Sprache war so alt, dass er sie kaum verstand. Aber es ging nicht nur ihm so, denn Haiwa fragte nach der Bedeutung einiger Worte.

Durch Sidawas Erklärungen begriff Rowan nun den Sinn des Liedes. Es war kein Heil-Lied, sondern ein Rezept. Es wurde genau erklärt, wie ein Fiebermittel hergestellt und angewandt werden musste.

„Kennt Bunduar dieses Lied?", fragte er, als die Frauen den Unterricht beendet hatten.

Sidawa sah ihn nachdenklich an. „Ich glaube nicht. Es gibt nur noch wenige Hexen. Ich habe erst, nachdem Bunduar uns verlassen hatte, eine Greisin gefunden, die mich weiter unterrichtet hat. Sie wurde während der Verfolgungen umgebracht, weil Hexen angeblich nur Unheil bringen. Und ich floh in den Süden."

Rowan verbrachte den Tag abwechselnd auf der Bank, wo er den Frauen bei der Arbeit zusah, oder schlafend im Bett. Als es dämmerte, sah Rowan Durlin, der mit einem Bündel Holz auf dem Rücken den steilen Weg zum Haus hinauflief.

Später lag Rowan auf dem Strohsack und dachte über Wudon nach. Der Magier wusste vieles, was er Rowan gelehrt hatte, aber Hildrun in Llyllia und Bunduar hatten ein wesentlich umfassenderes Wissen – soweit er es bis jetzt beurteilen konnte. Ihm wurde klar, dass sein Großvater ihn hierhergeschickt hatte, damit er Ottgar begleitete, nicht damit er bei einem Magiermeister etwas lernte. Meister Wudon wusste das, deshalb hatte er dafür gesorgt, dass Rowan im Kloster gefördert wurde. Deswegen hatte er auch Wert darauf gelegt, das Rowan nach dem Mittel gegen die Schafsseuche suchte. Er selbst wäre dazu möglicherweise gar nicht fähig gewesen.

Während Rowan über Wudon nachdachte, schweiften seine Gedanken zum Königshof, und umso besorgter wurde er um Ottgar. Sein Freund wäre besser nicht ins Ostreich gereist. Am Hofe König Kustins war er nicht sicher. Er runzelte die Stirn. Waren sie hier wirklich geschützter als im Magierreich? Was geschah dort? Rowan versenkte sich ganz tief in sein Innerstes, holte die Hütte seines Großvaters in sein Bewusstsein, erinnerte sich an die Burgen Wanroe und Ranhoe. Plötzlich fühlte er ganz stark die Gefahr in seiner Heimat, sie war bedrohlich, wurde von einer dunklen Macht gesteuert. Im Ostreich hingegen handelte es sich um menschliche Heimtücke der Prinzen. Die Angriffe der Zwerge und Trolle konnten nur so gefährlich werden, weil die Adligen nicht gemeinsam gegen sie vorgingen. Über diese Grübeleien war er bald eingeschlafen.

Am nächsten Morgen, als Haiwa mit Durlin hinabgestiegen war, um Kräuter und Beeren zu sammeln, sagte Sidawa: „Du brauchst dir keine Sorgen um deinen Freund zu machen. Noch ist er gut aufgehoben. Den Angriff erwarte ich erst in einem Jahr." Inzwischen waren sie zur vertraulichen Anrede übergegangen.

Rowan sah sie überrascht an. Woher kannte sie seine Befürchtungen? Was wusste sie über die Arglist am Hof?

Sie lächelte ihn an. „Ich bin eine Hexe, ich kann in die Zukunft sehen."

„Und Gedanken lesen", murmelte er.

„Du spürst doch auch die Gefühle und Nöte deiner Mitmenschen."

Rowan stimmte zögernd zu.

„Du kannst sogar mit den Tieren sprechen."

Rowan nickte wieder.

„Und mit den Naturgeistern, den Elfen und Feen."

Rowan grinste. „Ich kann aber nicht in die Zukunft sehen."

„Deine Mutter Salawin ist Seherin."

„Mir fehlen ihre Fähigkeiten. Sie hat mehrmals versucht, es mir beizubringen." Er schüttelte bedauernd den Kopf.

Sidawa lachte. „Du warst dazu noch zu jung. In ein paar Jahren wirst du ein hervorragender Seher werden."

In den folgenden Tagen erlernte Rowan bei Sidawa weitere Heilmethoden und in die Kristallkugel zu schauen. Je länger er übte, desto mehr erblickte er in der Kugel. Auch wenn er längst nicht Sidawas Fertigkeiten oder die seiner Mutter erlangte.

„Hab Geduld, gute Hellseher sind meist schon sehr alt", tröstete Haiwa ihn. Sie selbst erlernte die Heilkunde bei Sidawa. Sie hatte Rowan erklärt, dass sie keinerlei magische Begabung besäße, dabei hatte sie heilende Hände, die den Kranken Erleichterung brachten und

Gebärenden die Entbindung erträglicher machten.

Rowan war nicht überzeugt, nachdenklich biss er sich auf die Lippen. Salawin war schon als Mädchen eine besonders begabte Seherin gewesen. Dafür waren allerdings ihre Fähigkeiten als Heilerin nicht so ausgeprägt. Vielleicht lagen diese Begabungen nur sehr selten in einer Person.

Stundenlang saß Rowan auf der Bank, versenkte sich, wiederholte in Gedanken all sein Wissen und erfuhr dabei mehr über sich selbst. Und er schloss mit den Berggeistern Freundschaft.

Manches Mal hockte er nur da und beobachtete Haiwa bei der Arbeit im Kräutergarten, beim Füttern der Hühner oder Melken der Ziegen.

Ihre langen schwarzen Haare trug sie zu Zöpfen geflochtenen und ihre olivfarbene Haut war von solch einer Reinheit und Zartheit, wie er sie noch nie gesehen hatte. Ihre Augen waren dunkelbraun und sie hatte volle Lippen. Immer schien sie gut gelaunt. Ihren Gesprächspartnern war sie stets zugewandt und schenkte ihnen ein Lächeln. Das war ihm bereits in der Höhle aufgefallen, wo sie gleichbleibend freundlich zu den Männern war, auch wenn diese derbe Bemerkungen gemacht hatten. Allerdings hatten sie sich nicht getraut, das Mädchen anzufassen, nachdem der Erste sich dabei die Hand verbrannt hatte. Rowan hatte im Dunkeln gesehen, wie Sidawa mit ihren Händen züngelnde Bewegungen gemacht und etwas gemurmelt hatte. Die erfahrene Hexe hatte also sorgsam über sie gewacht.

Haiwa scherzte gern mit Rowan. „Lachen macht gesund", erklärte sie des Öfteren. Abends, wenn sie am

Feuer saßen, erzählte sie von ihren Eltern, die ebenfalls unter dem vorletzten König geflohen waren.

„Vater war am Königshof Heiler gewesen, doch dann hieß es, er hätte die Königin, die Gattin von König Hroal, ermordet, und wir flohen in der Nacht noch nach Süden. Ich war damals noch sehr klein und kann mich kaum daran erinnern. Mein Bruder ist auf der Flucht gestorben. Ein Pferd ging durch und trampelte ihn zu Tode. Im Südreich zogen wir von Markt zu Markt und Vater heilte die Leute, die zu ihm kamen. Vor ein paar Jahren starb er. Ich glaube, sein Herz war gebrochen. Er hatte die Verdächtigungen nie verwunden."

„Und deine Mutter?"

„Die hat vorzügliche Stoffe mit den feinsten Mustern gewebt. Nach Vaters Tod haben wir davon gelebt. Außerdem konnte sie wunderschön singen."

„Das hast du von ihr geerbt!", sagte Rowan.

Haiwa errötete.

„Warum seid ihr nicht ins Magierreich geflohen?", fragte Rowan.

„Vater meinte, dort gibt es so gute Magier, da braucht niemand einen Heiler wie ihn."

Rowan sah Sidawa auffordernd an, auch sie hatte nicht im Magierreich Zuflucht gesucht.

„Die Herrscher sind verwandt. Wenn der eine mich der Hexerei oder des Mordes beschuldigt, wie kann ich mich bei seinem Schwager sicher fühlen?", erklärte Sidawa.

Rowan schaute ins Feuer und dachte darüber nach. Schließlich erklärte er: „Bunduar würde niemals jemanden unberechtigt beschuldigen. Auch König

Wilhar ist sehr besonnen und hört sich immer beide Seiten an, bevor er ein Urteil fällt. Schade, dass ihr ihnen nicht vertraut habt."

Eine Weile schwiegen sie, bis Rowan eine alte ostianische Ballade anstimmte.

„Die kenne ich nicht", meinte Haiwa und Rowan trug sie ihr erneut vor. Sie hatte ein hervorragendes Gedächtnis, denn schon kurz darauf beherrschte sie das Lied, trotz der vielen Strophen. Sie sangen es ein weiteres Mal, nach den ersten Zeilen übernahm Rowan die zweite Stimme und Sidawa stimmte die dritte an.

„Ihr könnt es beim König vortragen", meinte Durlin.

„Nein, ich gehe nicht zum Hofe. Ich bin nur ins Ostreich zurückgekehrt, weil Sidawa meiner Mutter versprochen hat, sich um mich zu kümmern." Haiwa drehte sich rasch weg. Nicht schnell genug, Rowan hatte die Tränen in ihren Augen glänzen sehen.

„Haiwas Mutter ist im letzten Winter gestorben und Haiwa macht sich Vorwürfe, dass sie sie nicht hatte retten können", erklärte Sidawa den anderen.

„Kein Magier und kein Heiler können den Tod verhindern, wir können einigen helfen, aber nie allen." Rowan lächelte sanft. „Sonst würden wir unsterblich sein, göttergleich."

„Würden die Götter uns dafür bestrafen?", fragte der Junge ängstlich.

„Gewiss, doch darum brauchen wir uns nicht zu sorgen, denn so gut ist niemand."

Rowan stimmte ein weiteres Lied an. Diesmal war es ein trauriges Liebeslied. Der Sänger beklagte den Tod seiner Ehefrau, seiner großen Liebe, mit der er zusammen alt geworden war.

„Du kennst viele ostianische Weisen", sagte Haiwa mit belegter Stimme.

„Kein Wunder, schließlich ist meine Urgroßmutter Sängerin gewesen, sie hat ihren Kindern und Enkeln viele Lieder beigebracht, darunter auch alte ostianische Gesänge. Meine Großmutter, Bunduars Gattin, kam aus dem Ostreich und brachte ebenfalls Musikstücke mit." Immer mehr Gesänge lehrte Rowan den anderen.

Dafür vermittelten Haiwa und Sidawa ihm neuere Lieder. Sogar Durlin zeigte sich als gelehriger Schüler.

„Bei mir kannst du nichts lernen, was dir bei Hofe hilft", meinte Sidawa zu Durlin. „Aber du bist fleißig und nimmst alles schnell auf, vielleicht kann Wudon dich im Kloster unterbringen."

Der Junge wehrte entsetzt ab. „Nein, ich will kein Mönch werden."

Rowan und Sidawa lachten, während Haiwa ernst blieb.

„Warum lacht ihr? Ich ziehe auch lieber von Markt zu Markt, als in ein Kloster zu gehen", verteidigte sie Durlin.

„Meine Urgroßmutter war als Sängerin in einem Kloster. Trotzdem hat sie meinen Urgroßvater geheiratet. Ins Kloster gehen, heißt nicht unbedingt, Mönch oder Nonne zu werden, sondern etwas zu lernen", erklärte Rowan.

„Unsere Klöster sind dem Königshaus treu ergeben. Wer in Ungnade gefallen ist, ist auch da nicht geschützt", meinte Haiwa entsetzt.

„Der jetzige König verfolgt Magier und Hexen nicht

mehr", erwiderte Rowan. „Durlin stammt aus einer Bauernfamilie. Er ist deshalb völlig sicher."

„Aber wie sieht es mit Kustins Nachfolger aus? Ist der dann genauso offen?"

Darauf mochte Rowan keine Antwort geben. Er kannte die Auffassung der Prinzen dazu nicht gut genug. Aber sie waren Verräter, daher war ihnen alles zuzutrauen. Sidawa schwieg dazu. Anscheinend traute sie der Königsfamilie nicht.

Erst ein paar Tage später, als Durlin beim Holzsammeln war, erklärte Sidawa: „Die Klöster, die abgelegen sind, waren für die Verfolgten sicher, die anderen waren dem König gehorsam und haben die Flüchtigen ausgeliefert."

Rowan lief ein Schauer über den Rücken. „Und was ist mit ihnen passiert?"

„Sie wurden in den Kerker geworfen. Man hat nie wieder etwas von ihnen gehört."

Rowan runzelte die Stirn. „Leben sie immer noch im Verlies oder sind sie dort umgekommen?"

Sidawa zuckte die Achseln. „Wer weiß?"

„Könnt ihr es nicht in der Kugel sehen?", fragte Rowan. Er litt mit den Opfern. Doch Sidawa drehte sich, ohne ihm zu antworten, um und rührte den Frischkäse weiter.

Die Sache ließ Rowan keine Ruhe. Wurden alle Unliebsamen umgebracht? Waren sie hier in Gefahr? Er verstand auch Bunduar nicht. Warum hatte er nicht verhindert, dass Ottgar und er ins Ostreich gingen?

Sidawa las seine Gedanken. „Für Könige sind andere Dinge wichtig. Sie müssen Beziehungen zu benachbarten

Ländern pflegen, Freundschaften mit anderen Königen schließen, damit sie in Notsituation Verbündete haben. Das Ostreich ist der größte und mächtigste Nachbar, deshalb sollte Ottgar an Kustins Königshof lernen und nebenbei Freundschaften schließen."

Über dem Magierreich hing eine Drohung, selbst Llyllia war nicht sicher. Ja, das Magierreich benötigte Verbündete. Aber waren die ostianischen Könige verlässliche Partner? Er bezweifelte es.

Dafür fühlte er, dass Sidawa rechtschaffen war, sie würde ihren Freunden immer helfen.

Inzwischen ging es Rowan so gut, dass er tagsüber mit dem Jungen hinunterstieg und Gras für die Tiere schnitt. Haiwa trieb die Ziegen auf eine entferntere Weide, wo sie sich satt fressen konnten. Bald würde es hier oben kalt werden und da brauchte Sidawa einen Vorrat an Heu.

„So voll war meine Scheune noch nie", lobte Sidawa. Sie trugen das Heu nicht nur den Felsen hinauf, sondern lagerten es auch in der großen Höhle, ebenso wie einen Holzvorrat.

„Wenn ihr eingeschneit seid, wie kommt ihr dann herunter?", fragte Rowan.

„Früher habe ich die Winter in der Höhle verbracht, aber das ist mir jetzt nicht gefahrlos genug."

Rowan sah sie besorgt an. „Allein seid ihr auch auf dem Berg nicht sicher."

Sidawa grinste ihn wissend an. „Ich habe die Kristallkugel."

Rowan nickte. „Ich hoffe, ihr schaut regelmäßig hinein."

Er wusste, sie mussten sich bald auf dem Weg

machen, sonst würden sie vom Schnee auf dem Berg festgehalten werden. Doch er zögerte, er fand Gefallen an Haiwa und mochte sich nicht trennen. Außerdem wollte er weiter von Sidawa lernen, gab er sich selbst als Begründung.

Er sah immer noch viel zu wenig in der Kugel, obwohl Sidawa ihn beobachtete und unterstützte. Er übersah Wichtiges. So sehr er sich anstrengte und das Bild genau absuchte, er erkannte es nicht. Er wusste nur, dass da etwas fehlte.

Er versuchte, Kustins Zukunft zu entdecken. Er sah, wie die Pagen die persönlichen Sachen ihrer Ritter zusammenpackten, anscheinend wollten sie die Burg verlassen. Rowan hatte schon zu lange mit dem Aufbruch gezögert. Er würde sie nicht rechtzeitig einholen können. Dabei war es so wichtig, dass er mit Ottgar zusammen reiste! Würde er es nur von Durlin begleitet überhaupt bis zur Burg Eichenfels schaffen? Blieben die Bewohner wie üblich in der Burg oder wurde sie wegen der drohenden Gefahr diesmal vollständig geräumt? Er wusste es nicht und entdeckte in der Kristallkugel keinerlei Hinweise. Auch Ottgar sah er nicht. Das beunruhigte ihn. Scharus hätte ihn bestimmt gefunden, wenn Ottgar ihn losgeschickt hätte. Er konnte sehen, wie auch Wudon seine Sachen packte, Rowan entdeckte ihn in ihrer gemeinsamen Kammer. Sogar Rowans Habseligkeiten verstaute er. Warum ließ er sie nicht da? Wurde Eichenfels wirklich vollkommen geräumt?

„Es ist Zeit, dass du zurückgehst", sagte Sidawa.

Rowan nickte. „Ich werde den Aufbruch der

159

Jagdgesellschaft verpassen."

„Nicht, wenn du dich beeilst."

Rowan sah sie erstaunt an. „Die Männer packen bereits."

Sidawa lächelte. „Erst in einigen Tagen, du hast in die Zukunft gesehen."

Rowan errötete. Natürlich, er hatte in die Ferne gesehen, wie hatte er das vergessen können? Wo war Ottgar?

„Dein Freund war nicht mehr da, weil du mit ihm weggeritten bist."

Rowan zog die Augenbrauen zusammen und schaute sie fragend an.

„Du bringst ihn in Sicherheit. Ottgar wird am Hof zwischen die streitenden Parteien geraten. Das ist gefährlich. Also sagst du König Kustin, dein Großvater hätte nach euch gesandt. Ihr würdet in der Heimat gebraucht, weil ein Feind in das Land einfällt. Du bittest ihn um seinen Beistand, sobald Wilhar eine Botschaft schickt. Er wird es versprechen, ob er es einhalten kann, entscheiden die Götter. Wer weiß, wer inzwischen König ist. Aber ihr beiden habt somit einen Grund, das Ostreich zu verlassen, ohne dass ihr auffallt."

Rowan nickte, das leuchtete ihm ein, es war eine diplomatische Lösung.

„Wo gehen wir aber dann hin? Bunduar hat uns gewarnt, zurückzukommen."

„Es gab einige Höfe, an denen ihr lernen solltet, zur Auswahl."

„Ja, auch in Llyllia sind wir in Not geraten. In Cajan war Ottgar schon."

160

„Bleibt das Sumpfland."

„Dazu müssen wir durch das Magierreich reiten."

„Bunduar wird dir sicher eine Nachricht zukommen lassen, wenn es so weit ist", munterte Sidawa ihn auf.

Rowan war der alten Hexe für ihre Ratschläge und ihren Trost dankbar.

„Wenn wir etwas für dich oder Haiwa tun können, dann wendet euch an uns. Ottgar und ich werden alles tun, was in unserer Macht steht."

Sidawa nickte. „Ich weiß. Ich werde es in Anspruch nehmen, sobald es nötig ist. Jetzt legt euch hin und schlaft, die nächsten Tage werden anstrengend werden."

Rowan setzte sich lieber ans Feuer und sang mit Haiwa ein paar Lieder, bevor er sich hinlegte. Durlin schlief schon längst, doch Rowan fand keine Ruhe.

Zu gern hätte er Haiwa mitgenommen. Aber wohin? Außerdem war sie zu jung, um so eine wichtige Entscheidung zu treffen.

Am Morgen verabschiedeten sie sich von Sidawa. „Pass auf deinen Freund auf", ermahnte sie Rowan und reichte ihm einen Sack mit Vorräten und Heilmittel.

Haiwa begleitete sie bis zur Schlucht.

„Du musst zurück, hier ist es zu gefährlich", warnte Rowan. „Zudem habt ihr noch viel zu tun."

„Ja, der Käse wartet." Sidawa stellte Käse her, den sie gegen Getreide tauschte. Haiwa umarmte die beiden Burschen. „Vergiss mich nicht!", bat sie Rowan.

Er hielt sie einen Augenblick fest. „Komm zu mir, wenn du in Not bist. Ich helfe dir!", versprach er.

Mit großen Schritten begannen sie den Abstieg in das Tal. Zu Fuß und ohne Pferde war die Klamm nicht so schwierig zu durchqueren. Haiwa, die immer noch dort oben stand, hatte eine Ballade angestimmt und sang dann die Lieder, die Rowan ihr beigebracht hatte. Ihr Gesang begleitete die beiden jungen Männer auf ihrem Weg. Zum Schluss, als Haiwa ein altes Liebeslied ertönen ließ, schnitt es Rowan ins Herz. Warum konnte er sie nicht mitnehmen? Dann ermahnte er sich. Nein, Haiwa war jünger als er, zu jung, um zu heiraten. Wie sollte ein Mädchen, kaum dem Kindesalter entwachsen, wissen, wer der richtige Partner war? Sidawa würde gut auf sie aufpassen. Trotzdem spürte Rowan, dass er Haiwa vermissen würde.

13.

Als sie den Wald unterhalb der Schlucht erreichten, hörten sie Pferdehufe. Sie suchten sich Deckung hinter einem umgestürzten Baum.

Das Pferd wurde langsamer und wieherte. „Scharus", rief Rowan, als er die Stimme erkannte. Er stand auf und lief dem Sumpfpferd entgegen. Der treue Wallach trabte auf ihn zu und rieb den Kopf an seiner Brust. Rowan lehnte sich an seinen Hals und streichelte ihn. „Wie gut, dich zu sehen", murmelte er. Er freute sich, seinen alten Freund zu treffen. Sie würden mit dem Tier schneller sein, außerdem spürte das Zauberpferd aus dem Sumpfland Bedrohungen und warnte Rowan, dadurch würde ihre Reise sicherer werden. Doch er war nur hier, weil Ottgar in Gefahr war, das beunruhigte Rowan.

„Komm, lass uns aufsitzen", drängte er Durlin zur Eile.

„Das Pferd muss ausruhen, es ist den weiten Weg bis hierhergelaufen", widersprach der Junge.

„Es wird bald dunkel, dann rasten wir", beruhigte Rowan ihn. Er sprang auf den Rücken und reichte Durlin die Hand zum Aufsteigen.

Sie kamen noch ein gutes Stück voran. Dabei trieb Rowan Scharus nicht an. Erst als sie nichts mehr sehen konnten, hielten sie auf einer Lichtung an. Es gab eine Quelle, aus der sie Wasser schöpfen konnten und das Pferd fand Gras zum Weiden.

„Soll ich Holz sammeln?", fragte der Junge.

„Nein, wir müssen ohne ein Feuer auskommen." Rowan suchte Laub und kleine Zweige, stapelte sie unter einem dichten Nadelbaum auf einen Haufen. So hatten sie ein natürliches Zelt und Schutz vor der Bodenkälte, danach wickelten sie sich in ihre Decken und schmiegten sich aneinander.

Rowan wachte auf, lange bevor die Sonne aufging. Er schaute nach Scharus. Sein Freund begrüßte ihn mit einem leisen Wiehern und rieb die Nüstern an seinem Arm. Rowan flüsterte mit ihm und tätschelte seinen Hals.

Dann kramte er in seinen Sack nach Nahrung, denn am Abend hatten sie sich, ohne etwas zu essen, schlafen gelegt. Er zog Brot und gebratenes Fleisch heraus. Inzwischen war Durlin aufgewacht, und sie setzten sich auf einen umgefallenen Baumstamm und aßen. Als Rowan die Reste wieder verstaute, fiel ihm ein schwerer Gegenstand auf, der ganz unten im Sack verborgen war. Er nahm ihn in die Hand und entfernte ein Stofftuch, in das er eingerollt war. Es handelte sich um eine funkelnde

Kristallkugel.

„Hat Sidawa dir ihre eigene Kugel geschenkt?", fragte der Junge.

Rowan überlegte. Er erinnerte sich, dass, als sie die Hütte verließen, Sidawas Wahrsagerkugel wie gewohnt auf einem Bord an der Wand lag.

„Nein, es muss eine zweite sein." Ehrfürchtig betrachtete er das kostbare Gut. Erst als ein Eichelhäher schrie, zuckte er zusammen, packte die Kugel sorgfältig wieder ein und sie stiegen auf das Pferd.

Sie kamen gut voran. Scharus führte sie über einen Trampelpfad durch den Wald.

„Ist das ein Trollpfad?", fragte Durlin mit zitternder Stimme.

Rowan lachte leise. „Nein, es scheint einen Köhler zu geben. Ich habe von Sidawas Felsen hier neulich Rauch gesehen."

Gegen Mittag weigerte sich Scharus, weiterzulaufen. Auch Rowan spürte die Gefahr. Der Wallach spitzte die Ohren, beruhigend strich Rowan über seinen Hals. Er teilte dem Pferd mit, dass es einen sicheren Ort suchen sollte. Sofort setzte sich das Tier in Bewegung. Aber nicht talabwärts, sondern seitlich, ein Stück den Berg hinauf.

„Das ist der falsche Weg", protestierte der Junge.

„Pst", zischte Rowan. Deutlich waren die unbeholfenen Schritte der Trolle zu hören.

Die beiden Reiter stiegen ab und folgten dem Tier durchs Gebüsch. Danach mussten sie eine Weile durch ein Bachbett laufen.

„Das ist so kalt", jammerte Durlin.

Rowan musste ihm recht geben und auch für Scharus, der aus dem warmen Sumpfland stammte, war es bestimmt nicht gut, im bitterkalten Wasser zu waten.

Zum Glück erreichten sie bald eine sandige Stelle und konnten dort den Bach verlassen. Am Ufer kamen sie auf Sand und Steinen gut voran.

Rowan hörte noch immer hinter sich schwere Schritte und Äste brechen.

„Die kommen näher", meinte Durlin.

Rowan nickte. Trotzdem vertraute er Scharus. Schließlich hatte das Tier ihm schon öfter das Leben gerettet. Sie folgten dem Pferd den Berg hinauf. Oben auf der Bergkuppe saß Sirii auf einem Felsen und wartete auf sie.

„Ihr seid langsam."

„Wir sind keine Bergziegen", antwortete Rowan schnippisch. „Wie werden wir die Trolle wieder los?", fragte er seinen Freund.

„Lauft weiter geradeaus. Folgt Scharus. Heute Abend gelangt ihr in ein Seitental, wenn ihr das entlanglauft, könnt ihr am Ende über die Bergkette steigen und erreicht Burg Eichenfels von der Bergseite."

„Danke!" Rowan nickte dem Elfenprinzen zufrieden zu. Dann eilten sie rasch weiter.

Hinter sich hörten sie eine Weile Äste knacken und Schritte. Es klang sogar wie ein Pferd. Sirii sorgte wirklich für eine täuschend echte Ablenkung. Er entfernte sich in Richtung des Hauptwegs zur Burg. Es schien, als wolle er sich seitlich an den Trollen vorbeischleichen. Sie lauschten, wie die Trolle Sirii folgten.

„Puh", atmete Durlin erleichtert auf.

Sie wanderten zügig über den Höhenkamm, bis es bergab in ein Tal ging. Scharus brauchte dringend eine Pause. Im Gebirge war das Sumpflandtier unsicher und nicht sehr belastbar. Deshalb liefen sie meistens zu Fuß.

Am nächsten Bach, den sie fanden, machten sie Rast. Der Wallach musste sich unbedingt erholen, aber auch Rowan schmerzten inzwischen die Füße, weil er schon lange nicht mehr so weit gelaufen war. Früher war er häufig mit Bunduar zu Fuß unterwegs gewesen.

„Schlafen wir hier?", fragte Durlin.

„Nein, wir müssen zusehen, dass wir weiterkommen." Rowan trieb die Sorge um Ottgar an.

Er hatte die Stiefel ausgezogen, hielt die Füße in den Bach und rieb sie anschließend wieder warm, während Durlin die Vorräte auspackte. Hungrig verschlangen sie Brot, Nüsse und Früchte und schauten Scharus beim Weiden zu.

Es würde nicht mehr lange hell bleiben, deshalb stand Rowan alsbald wieder auf und sie machten sich auf den Weg. Das Pferd lief ihnen mit dem Sack wie ein Hund hinterher.

Sie arbeiteten sich mühsam durch den Wald. Das Unterholz war dicht und es ging steil bergauf. Rowan sorgte sich, dass er Scharus vielleicht zurücklassen müsste, doch der Wallach kämpfte sich tapfer voran.

Zum Glück erreichten sie am Talende eine Hochebene, die nur langsam anstieg. Sie hatten inzwischen die Baumgrenze überschritten und wanderten über Gras. Erst als es ganz dunkel wurde und sie den Weg nicht mehr erkennen konnten, ließen sich

Rowan und Durlin in einer kleinen Mulde nieder. Sie schmiegten sich aneinander und Scharus diente ihnen als Kopfkissen.

Am frühen Morgen wachte Rowan vom Ruf eines Adlers auf. Fröstelnd zog er die Decke enger an sich. Er blinzelte, noch schienen die Sterne, aber schon bald würde die Sonne aufgehen. Die Wiese glitzerte vom Raureif und beim Atmen bildeten sich weiße Wolken vor seinem Gesicht. Er folgte dem plätschernden Geräusch und fand einen Bergbach, von dem er trank. Im Mondschein entdeckte er ein paar verschrumpelte Bergbeeren und pflückte sie.

„Unser Frühstück", weckte er Durlin und sie aßen die kalten Beeren vor dem Aufbrechen.

Es gab hier keinen Trampelpfad. Immer wieder suchte Rowan den besten Weg und hoffte, dass es keine Sackgasse wäre. Als ihm ein Schneehuhn begegnete, kniete sich Rowan hin und sprach mit dem Tier.

Es war verletzt, da es mit dem Bein in eine Falle geraten war. Rowan holte eine Salbe aus dem Sack und behandelte das Huhn. Zutraulich ließ es sich von ihm anfassen und versorgen.

„Kannst du uns den Weg zur Burg zeigen?", bat er schließlich.

„Die Jäger der Burg wollten mich töten."

„Ich will dir nichts tun, aber ich muss zu meinem Freund, dem Gefahr droht."

Das Huhn rang sichtlich mit sich. Doch dann meinte es: „Bunduars Enkel helfe ich. Er hat einst die Vogelseuche besiegt, sonst gäbe es im Ostreich keine Vögel mehr."

Rowan lächelte. „Bunduar ist ein großer Magier."

„So wie du. Du hast den Schafen geholfen."

„Das weißt du?"

„Alle Tier im Ostreich wissen es."

Das Schneehuhn flatterte vorweg und sie folgten ihm. „Zu dumm, dass ihr nicht fliegen könnt, anderenfalls wärt ihr schnell in der Burg."

Später meinte es, nachdem es Scharus beim Klettern beobachtet hatte: „Dein Pferd sollte lieber nicht auf Berge steigen."

„Ich weiß und Scharus weiß es auch, leider haben uns die Trolle den gebahnten Weg versperrt. Wir hatten keine andere Wahl."

Endlich erreichten sie den Gipfel. Unter ihnen lag die Burg. Sie konnten erkennen, dass im Burghof geschäftiges Treiben herrschte. Das Bild, das Rowan in der Kristallkugel gesehen hatte. Die Gesellschaft bereitete den Aufbruch vor. Weilte Ottgar noch in der Burg?, fragte sich Rowan angstvoll. Vielleicht hatte irgendetwas Sidawas Vorhersage verändert.

Das Huhn verabschiedete sich von ihnen: „Weiter traue ich mich nicht, das ist zu gefährlich. Haltet euch rechts, am Ende der Wiese müsst ihr am Waldrand entlanglaufen."

Rowan bedankte sich und gab ihm ein paar getrocknete Früchte zu fressen.

Der Abstieg ins Tal war erheblich schwieriger als der Aufstieg. Zumal Rowan Rücksicht auf Scharus nehmen musste. Schließlich meinte er zu Durlin: „Wir kommen zu spät. Lauf du vorweg. Sei vorsichtig, damit du nicht ausrutschst und dich verletzt."

„Soll ich etwas ausrichten?"

„Nur, dass ich hinterherkomme. Falls du Prinz Ottgar siehst, sage ihm, aber nur ihm, dass er auf mich warten soll."

Der Junge versprach es, dann eilte er leichtfüßig davon. Er war es gewohnt, in den Bergen herumzuklettern, und nutzte geschickt die richtigen Tritte aus.

An einem Rinnsal, das sich im Tal mit dem Bach vereinigte, machte Rowan eine Pause. Durstig schlürfte Scharus das Wasser.

„Du Armer, was mute ich dir zu", murmelte Rowan und tätschelte das Pferd. Er machte sich inzwischen Vorwürfe, es nicht allein auf dem geraden Weg zur Burg zurückgeschickt zu haben. Die Trolle hätten es wahrscheinlich ungehindert passieren lassen.

Scharus rupfte die kargen Pflanzen und Gräser und fraß sie genüsslich. Rowan suchte die restlichen essbaren Blätter und Beeren für sich. Viel war es nicht, aber er hatte auch noch eine Handvoll Nüsse im Sack. Da Scharus sich noch etwas erholen musste, holte er die Kristallkugel heraus, polierte sie und legte sie neben dem Bachlauf ins Gras. Ein einziger Blick hinein ließ ihn erstarren:

Schreie schreckten ihn hoch, Feuer züngelte aus irgendwelchen Fenstern. Zuerst glaubte er, Burg Eichenfels brannte, doch dann erkannte er, dass es der Königssitz Greifenburg war. Ritter kämpften gegeneinander. Er erblickte König Kustin und seinen Bruder, Prinz Hrodwal, beide in einen tödlichen Zweikampf verwickelt. Die Dörfer in Sichtweite des

Königsitzes waren verwüstet. Was geschah bloß mit dem Ostreich? Sollte er König Kustin warnen? Vielleicht aber löste seine Warnung erst den Bruderkrieg aus.

Er zwinkerte und schon sah er in der Wahrsagerkugel Ottgar und sich selbst durch die Steppe, die in der nördlichen Grenzregion vom Ostreich und dem Magierreich lag, reiten. Im Norden, über Llyllia, hing drohend eine schwarze Wolke. Die beiden Jünglinge schienen sich zu beeilten, dem Unwetter zu entkommen. Da erblickte er Mardok in dem Kristall, der ihnen entgegenritt.

Rowan atmete erleichtert auf. Anscheinend würden die drei wieder zusammentreffen.

„Siehst du in die Zukunft?", fragte Sirii.

Rowan zuckte zusammen. Sein Herz klopfte vor Schreck wild und heftig.

„Musst du mich zu Tode erschrecken?", fuhr er den Elfenfreund an.

„Du musst weiter, bald wird es dunkel."

„Ist es bereits so spät?" Erstaunt schaute Rowan zur Sonne. Er hatte viel länger als gedacht in die Kristallkugel geschaut. Sorgfältig wickelte er sie in das Tuch und legte sie in den Sack zurück. Anschließend lief er schnell den Hang hinunter. Sirii zeigte ihm einen flacheren Weg, sodass Scharus ihnen folgen konnte.

„Es wird einen Bruderkrieg geben. Soll ich Kustin warnen?", bat Rowan Sirii um Rat.

„Wer ist der Gute?", gab Sirii zurück.

„König Kustin ist ehrlich und kümmert sich um das Volk, außerdem ist er der rechtmäßige König."

„Aber er ist nicht besonders weise."

„Sind es die anderen?"

„Sich einzumischen, ist nie gut", meinte Sirii und Rowan nickte zustimmend. „Vielleicht mache ich dadurch alles nur schlimmer." Er erinnerte sich an die alte Sage von König Honguar, der seinen geliebten Bruder Klunuar ins Kloster geschickt hatte, weil ihm vorhergesagt worden war, dass Klunuar ermordet würde. Tatsächlich war Klunuar von einem treuelosen Mönch ermordet worden. Diese Geschichte wurde allen Magiern und Sehern erzählt, um sie zu warnen, welches Unheil sie mit dem Wahrsagen anrichten konnten.

„Deine Aufgabe ist es, auf Ottgar aufzupassen", ermahnte ihn Sirii.

„Und als Magier dazuzulernen."

„Tust du das bei Wudon?", fragte Sirii spöttisch.

„Kaum", gab Rowan zu. „Bei Sidawa habe ich in den wenigen Wochen mehr gelernt, als in dem Jahr bei Wudon. Dennoch ist Meister Wudon ein weiser und ehrlicher Mann, der sein Bestes tut."

„Erfülle deinen Auftrag und bringe Ottgar in Sicherheit. Dann fällt mir nämlich meine Aufgabe, dich zu schützen, leichter."

Sirii verschwand, als Rowan fast das Burgtor erreicht hatte. Es wurde höchste Zeit, denn die Sonne ging unter und die Zugbrücke wurde hochgezogen. Er kam gerade noch rechtzeitig, um eingelassen zu werden.

14.

„Gut, dass du zurück bist", begrüßte ihn Wudon. „Wir brechen morgen auf."

„Habt Ihr Euch gut erholt?", fragte Rowan.

„Ja, auch die anderen Bewohner der Burg sind wieder gesund. Bis auf den alten Pferdeknecht und eine Küchenmagd haben alle die Krankheit überlebt. Bei einigen hat allerdings die Gesundheit gelitten. Ich glaube nicht, dass Ritter Weilah weiterhin an Turnieren teilnehmen kann."

„Und was ist mit den Bauern?"

„Die Seuche ist beendet. Ich habe von keinen Krankheitsfällen mehr gehört. Aus dem Dorf vor dem Trollwald kam ein Bote, bei ihnen hat die Geißel ganz furchtbar gewütet, über die Hälfte der Bewohner ist daran gestorben. Unter den Opfern war auch der Heiler."

Rowan sah ihn betroffen an. Er hatte es schon befürchtet, trotzdem hatte er gehofft, dass die Mittel dem Mann helfen würden.

„Bunduar möchte, dass ich zurückkehre."

„Woher willst du das wissen? Warum hat er mir keine Mitteilung gemacht? Der König weiß ebenfalls nichts davon, oder?" Wudon sah ihn prüfend an.

„Ein Sendbote hätte zu lange gebraucht. Die Elfen haben es mir zugetragen."

„Elfen, so, so", murmelte Wudon.

„Mutter hat die Elfen vor Jahren gebeten, auf mich aufzupassen. Die Geschichte von dem Überfall beim Jubiläum habt Ihr sicher gehört."

Wudon nickte.

„Die Elfen haben Ottgar, Mardok und mir in der Höhle das Leben gerettet. Ohne ihre Hilfe hätten die Drachen und Echsenkrieger uns umgebracht."

Wudon hatte seine Sachen längst eingepackt und Rowan ging zum Rittersaal und sprach mit verschiedenen Bekannten. Ritter Ludah sah ihn erfreut an. „Ich hatte schon Sorgen, dass unser kleiner Held die Seuche nicht überlebt."

Rowan grinste ihn an. „Nein, ich habe rechtzeitig die Heilmittel eingenommen."

„Und dich von der hübschen Helferin Sidawas gesund pflegen lassen."

Rowan lief rot an.

„Na, das ist doch keine Schande", gab der Ritter lachend zu und schlug Rowan freundschaftlich auf die Schulter. Dann senkte er die Stimme. „Nimm deinen Prinzen und reite so schnell es geht nach Hause."

Rowan sah ihm in die Augen. Ludah meinte es ehrlich. „Hier wird es ungemütlich werden", fügte der Mann flüsternd hinzu.

„Haltet ihr zum König?", fragte Rowan leise.

Ludah nickte unmerklich. „Ich weiß aber nicht, wer noch dazugehört."

Chirah kam dazu. „Na, so gut waren deine Mittel wohl nicht, sonst wärst du nicht krank geworden. Ich sage ja, Magier sind Angeber."

„Warum beschwert Ihr Euch? Die meisten sind doch wieder gesund geworden, weil Meister Wudon und ich die richtigen Heilmittel besaßen. Aber wenn es Euch lieber ist, behandeln wir Euch beim nächsten Mal nicht. Stattdessen versuche ich es möglicherweise als Ritter. Mit Pfeil und Bogen und mit der Lanze kann ich ganz gut umgehen", meinte Rowan grinsend.

Ludah nickte bestätigend und klopfte ihm auf die

Schulter.

„Übrigens, die Trolle sind wieder unterwegs. Wir mussten einen Umweg nehmen, um ihnen auszuweichen", erwähnte Rowan, um das Thema zu wechseln, dann ging er weiter. Schließlich stand er vor König Kustin. „Ich bin froh, dass Ihr gesund und rechtzeitig hier angekommen seid, damit Ihr mit uns zurückreiten könnt."

Rowan erkannte, dass er es aufrichtig meinte. „Bunduar hat mir eine Nachricht gesandt, dass Ottgar und ich zurückkommen sollen. Vielleicht ist etwas mit der Königin."

„Ich dachte, Wilhar wollte Euch hier in Sicherheit wissen", gab der König zu bedenken.

„Es ist wohl wichtig. Er hat die Elfen geschickt, weil es so eilig war."

„Und ich hatte gehofft, Ottgar den Ritterschlag zu geben." Kustin sah wirklich bekümmert aus. „Auch Euch hätte ich gern zum Ritter geschlagen."

„Darüber wäre Bunduar gar nicht erfreut."

Der König lachte. „Wenn sich Königin Narfin erholt hat, kommt Ihr zurück und wir holen es nach."

Rowan nickte und bedankte sich für die Gastfreundschaft. Dann suchte er Ottgar. Er fand ihn im Stall.

„Wir reisen morgen nach Hause", sagte er.

„Nein, das geht nicht. Ich habe Prinz Hrodwal Gefolgschaft geschworen."

„Deiner Mutter geht es schlecht. Dein Vater möchte dich daheim haben."

„Wir sollten auf jeden Fall im Ostreich in Sicherheit

bleiben.“

Rowan zuckte die Achseln. „Vielleicht kommen wir wieder hierher, aber jetzt müssen wir erst einmal zurück.“

„Und wo ist der Brief?“

„Sirii hat es mir gesagt. Er kam gerade rechtzeitig, als wir in Gefahr gerieten und hat uns geholfen, damit die Trolle uns nicht erschlagen. Die stehen kurz vor der Burg.“

„Und da willst du allein nach Wanroe reiten? Du spinnst.“ Aufgebracht war Ottgar lauter geworden.

„Pst, es wimmelt hier von Verrätern“, zischte Rowan leise. Doch die Warnung kam zu spät. Die Stalltür knarrte, und einen Augenblick später hörten sie Stimmen. Rowan drängte Ottgar in die Box seines Pferdes und hielt ihm den Mund zu. Doch Ottgar wehrte sich und die Stute in der Nachbarbox wurde unruhig und stapfte mit den Hufen.

„Wer ist da?“, fragte eine tiefe Männerstimme.

Rowan erkannte einen Anhänger von Prinz Hrodwal, von denen wollte er lieber niemandem begegnen. Zu bedrohlich waren die Bilder in der Kristallkugel gewesen.

„Ich bin hier, ich wollte nach meinen Pferden sehen!“, antwortete Ottgar und trat hervor.

„Du bist nicht allein. Ich habe euch gehört.“ Der Mann schob Ottgar grob zur Seite und schaute in die Box.

Rowan hatte keine Möglichkeit, sich irgendwo zu verstecken oder schnell wegzulaufen. Das hätten die Männer in der Stallgasse sofort gesehen. Also sah er dem Krieger fest in die Augen, nahm das Amulett, das um seinem Hals hing und schwang es vor ihm hin und her: „Hier steht nur das Pferd!", murmelte er immer und immer wieder, wie er es im Kloster Eichenborn gelernt hatte. Er sprach so leise, dass er es selbst kaum hörte.

Der Ritter drehte sich zu seinen Kumpanen um: „In der Box steht nur das Pferd!"

Dann griff er nach Ottgar, verdrehte seinen Arm, während der zweite Mann ihm einen Knebel in den Mund presste. Anschließend zog er ihm einen Jutesack über den Kopf und fesselte ihn, ohne sich von Ottgars Gegenwehr beeindrucken zu lassen.

Gemeinsam trugen sie Ottgar fort. Rowan folgte ihnen auf Fußspitzen im Schatten der Mauer. Sie brachten Ottgar zu einer Seitentür des Bergfrieds, schlossen sie auf und betraten das Gebäude. Rowan wartete einen Augenblick, bis er hinterherschlüpfte. Gleich gelangte er in ein Treppenhaus, eilte die Treppe hinab und tastete sich im Dunkeln an der Wand vorwärts. Endlich entdeckte er vor sich ein Licht und lief weiter. Er sah gerade noch, wie man Ottgar in ein Verlies einschloss.

„Können wir uns auf den Jungen verlassen?" Rowan konnte die Stimme nicht erkennen.

„Ich weiß es nicht. Er nimmt den Schwur sehr ernst, aber er fühlt sich auch dem König verpflichtet." Das war Prinz Hrodwal, der mit Prinz Ranin und ihren beiden Helfern immer näher kam. Rowan duckte sich hinter einem Fass, als die Männer an ihm vorbeigingen.

„Wir sollten ihn beseitigen. Am besten lassen wir ihn hier verrecken", erklärte Prinz Ranin.

„Nein, dann nützt er mir nicht mehr. Ich werde ihn

bei mir behalten. Sowie wir auf der Greifenburg sind, werde ich ihn auch dort in den Kerker werfen. Als Geisel ist er mir bestimmt einst nützlich. Meine Leute können ihn unauffällig hinterherbringen."

Sobald sie vorbei waren, folgte Rowan ihnen. Zu spät. Sie verriegelten die Außentür wieder. Rowan wartete eine Weile, bevor er versuchte, die Tür zu öffnen. Es war sinnlos, sie war fest verschlossen.

Er überlegte. Ottgars Tür war mit einem dicken Schloss versehen. Ohne Hilfsmittel würde er sie nicht aufbekommen, deshalb brauchte er zunächst einen Fluchtweg aus dem Keller heraus. Er fand schließlich eine Feuerstelle für die Wachen und zog sich im Kamin hoch. Gut, dass er in den letzten Tagen so viel in den Bergen gelaufen war. Jetzt konnte er die Muskeln gebrauchen, die er dabei gebildet hatte. Er wurde immer langsamer, je höher er kletterte, aber endlich war er oben und schwang sich über den Kaminrand. Er stand auf dem Dach der Frauenräume. Vorsichtig balancierte er über die Dachschindeln bis zu einem Wasserspeier. Dort legte er sich auf den Bauch. Vom Speier konnte er einen Mauervorsprung erreichen. Er setzte die Idee gleich in die Tat um. An die Wand gepresst schob er sich bis zu einem Fenster und stieg hinein. Er befand sich in einer Gesindekammer und schlich sich an zwei schlafenden Mägden vorbei ins Treppenhaus.

Sobald er sich im Burghof befand, holte er einen Eimer Wasser und wusch sich den Ruß ab. Dann ging er in seine Kammer und zog saubere Sachen an.

Als er danach in den Rittersaal trat, saßen die Männer und Damen beisammen, aßen und sangen. Rowan setzte sich in der Nähe der Damen zu Ludah an den Tisch. Noch bevor er mit ihm ein Gespräch beginnen konnte, bat Talin: „Singt Ihr für mich?"

Rowan lachte und stimmte die alten Balladen an. Talin sang mit, Murin und ein paar andere fielen ebenfalls ein.

König Kustin wünschte sich einige Lieder von Rowan und auch die Königin bat um ihr Lieblingslied. Als Rowan müde wurde, übernahm der Spielmann mit seiner Flöte wieder die musikalische Unterhaltung.

Bei dieser Gelegenheit bückte sich Rowan, tat so, als ob er etwas vom Boden aufheben würde. Danach rückte er an Talin heran und reichte ihr einen kleinen Flakon, den er unauffällig aus seiner Tasche gezogen hatte, dabei fragte er flüsternd, ob sie die Schlüssel für das Verlies besorgen könne. Sie sah ihn erschrocken an. Dann blickte sie sich suchend um, anscheinend schaute sie nach Ottgar. Ihr Gesicht wurde blass, sie schien zu erkennen, was passiert war und nickte kaum sichtbar.

Brodah setzte sich zu ihnen und sie sprachen über den missglückten Jagdausflug. Talin entschuldigte sich bald, um zu ihren Brüdern zu gehen.

„Euch geht es nicht so gut?", erkundigte sich Rowan und musterte Brodah prüfend.

„Ja, ich bin zu alt. Ich habe die Krankheit nicht so gut überwunden wie ihr Jungen. Ich glaube, meine Zeit als Streiter ist vorbei."

„Es tut mir leid, dass wir nicht besser helfen konnten."

„Du hast unsere Leben gerettet." Brodah grinste ihn an. „Mehr kann man von keinem Magier erwarten."

„Chirah ist anderer Meinung."

Brodah lachte, „Ach der."

Als ihre Sitznachbarn sich laut stritten, flüsterte Brodah ihm zu: „Sei wachsam, in der Nachbarprovinz kämpft der Vogt gegen den König, andere Provinzen werden dem Aufstand bestimmt folgen. Ihr seid hier nicht mehr sicher."

Rowan saß noch eine Weile bei den Rittern. Als er später hinausging, erklärte er, dass er nach den Kranken schauen würde.

Zuerst besuchte er die Stallknechte. Er erkundigte sich nach ihrem Wohlergehen und bedankte sich für die Pflege der Pferde. Dann suchte er das Küchenpersonal auf. Auch ihm ging es inzwischen gut.

Nilan, der Koch, der als Erster erkrankt war, zog Rowan zur Seite und sagte: „Ihr solltet mit Eurem Freund so schnell wie möglich nach Hause reiten. Hier wird es bald Ärger geben!"

Rowan sah ihn an.

„Mit Prinz Ranin?"

„Und dem Bruder des Königs. Irgendetwas ist im Gange und da solltet Ihr nicht hineingeraten." Der Koch meinte es ehrliche. Rowan spürte, dass er seine Dankbarkeit beweisen wollte, damit brachte er sich selbst in Gefahr.

„Und was machst du?"

„Ich werde auf Wanderschaft gehen. Außerdem hat Graf Zinah schon lange angefragt, ob ich bei ihm arbeiten will."

„Danke für den Hinweis. Kennst du einen geheimen Ausgang aus der Burg?"

„Zu Fuß?"

„Nein, die Pferde benötigen wir."

„Schwierig!" Der Mann kratzte sich am Kopf. „Hm, vielleicht geht es. Wenn es dunkel ist und alle schlafen. Aber wir brauchen den Schlüssel für den Geheimgang."

„Gut. Den besorge ich", versprach Rowan.

„Ich warte vor den Ställen auf Euch." Der Koch drehte sich um, griff sich einen Schinken und verschwand in der Vorratskammer.

Rowan bemühte sich, unauffällig durch die Hintertür in den Burghof zu gelangen. An den Stufen des Hinterausgangs wartete Talins Magd auf ihn.

„Meine Herrin erwartet Euch", flüsterte sie. Sie führte Rowan in eine leere Kammer des Frauengemachs und huschte fort. Rowan sah sich um. Erst als sich die Tür hinter dem Mädchen schloss, trat Talin aus einer Nische heraus und winkte ihn zu sich.

„Hier sind wir unbeobachtet", wisperte sie und reichte ihm zwei Schlüssel.

„Der große ist für die Verliese, der kleinere für das Fußgängertor an der hinteren Burgmauer. Die unterste Stufe ist lose, legt die Schlüssel darunter, dann kann ich sie wieder zurückbringen."

„Passen da Pferde hindurch?"

Sie zuckte die Achseln. „Es wird schmal sein, aber schlimmer ist die Treppe."

„Wir müssen es probieren, sonst sind wir ohne Reittiere."

„Falls Ihr ohne Tiere flieht, werde ich zwei Pferde zum Köhler schicken." Sie zeigte nach Süden.

„Danke, Ihr riskiert viel." Rowan lächelte sie dankbar an.

„Ich hoffe, Ihr kommt gut nach Hause zurück. Rechtzeitig, bevor der Bruderkrieg das ganze Land erfasst."

„Was wisst Ihr davon?", fragte Rowan besorgt.

„Meine Tante schrieb mir, die Provinz im Nordosten hat sich mit den Zwergen und Trollen zusammengetan alle Königstreuen getötet oder verjagt. Vater will mit ihnen verhandeln. Er meint, es wären nur einzelne Abtrünnige."

„Seid vorsichtig, Ihr seid in großer Gefahr", warnte Rowan besorgt. Sicher würden Onkel und Bruder auch sie ohne Hemmung beseitigen, wenn sie ihnen in die Quere kam, dazu bedrohten die Aufstände im Land sie.

Sie lachte bitter. „Ich werde meinen Vater unterstützen so gut ich kann."

„Sidawa wird Euch helfen im Fall, dass Ihr in Not seid", erklärte Rowan.

Talin nickte. „Ja, sie hat mir vor Jahren versprochen, dass ich jederzeit ihre Gastfreundschaft nutzen kann."

Trotz ihres Ranges umarmte Rowan sie. „Mögen die Götter mit Euch sein."

15.

Auf dem Weg zu seiner Kammer traf Rowan König Kustin, der gerade vom Aborterker kam.

„Majestät, seid bitte vorsichtig, Eure nächsten Angehörigen wollen die Macht an sich reißen. Ihnen ist dazu jedes Mittel recht."

König Kustin lief rot an. „Was unterstellst du der königlichen Familie? Wenn ich mich auf jemanden verlassen kann, dann auf die Männer meines Geschlechts."

„Aber die Aufstände ..."

Kustin ließ den kleinen Magier nicht aussprechen. „Sind von den Trollen und Zwergen angezettelt worden."

Rowan schluckte die unhöfliche Antwort, die ihm auf der Zunge lag, hinunter, stattdessen sagte er nur: „Mögen die Götter mit Euch sein", verbeugte sich und verschwand schnell hinter der nächsten Ecke. Beim Weitergehen plante Rowan das nächste Vorgehen. Nach dem Gespräch mit dem König musste er sich besonders beeilen. Er wusste noch immer nicht, ob er Wudon trauen konnte. Dabei hatte er so lange mit dem Magier zusammengelebt.

Der Magiermeister erwartete ihn schon. „Hast du bei Sidawa etwas in der Kristallkugel gesehen?", fragte er.

Rowan stutzte, dann wurde ihm klar, dass Sidawas Wahrsagekunst im ganzen Land gerühmt wurde. „Ja, aber ich bin nicht geübt genug. Es tauchen nur Fetzen in der Kugel auf, die ich nicht zusammensetzen kann. Ich sehe Gefahr für das Magierreich." Niedergeschlagen ließ Rowan sich auf sein Lager sinken.

„Und für das Ostreich", ergänzte Wudon. Und als Rowan dazu schwieg, meinte er: „Diese Gefahr erkenne ich auch. Es ist gut, dass Bunduar euch nach Hause holt."

„Meister, Ihr habt mir viel beigebracht. Ich danke Euch."

Wudon lachte. „Ich glaube, ich habe mehr von dir gelernt, als du von mir."

Und nach einer Weile fuhr er leise fort. „Ich stamme aus einer großen Magierfamilie, doch mein Vater und mein Onkel wurden vom vorletzten König in den Kerker geworfen und auf dem Scheiterhaufen verbrannt. Meine Mutter floh mit mir und meiner Cousine in den Norden. Wir versteckten uns in den Wäldern, später bei einer Bauernfamilie an der Grenze. Mutter versuchte, mir magische Dinge beizubringen, aber sie war keine Magierin. Sie hatte nur meinem Vater bei der Arbeit beobachtet, daher kann ich viel zu wenig. Nachträglich habe ich aus Büchern und bei den Mönchen des Klosters Eichenborn mir Wissen angeeignet."

„Warum seid Ihr nicht ins Magierreich gezogen?", fragte Rowan.

„Ich war bei Zonbuars Vater. Leider nicht lange genug, da der König nach mir verlangte."

Überrascht erhob Rowan sich wieder, er hatte nicht gewusst, das Wudon bei dem Freund seines Großvaters gelernt hatte.

„Hätte er Euch nicht begleiten können?"

„Ich bat ihn, aber er wollte es nicht. Ich glaube, er hatte damals schon die jetzigen Probleme in der Kristallkugel erkannt."

Die Nacht war fortgeschritten, es wurde für Rowan Zeit aufzubrechen, zumal er sich sorgte, dass der König Prinz Ranin von Rowans Warnung erzählte. „Ich schaue noch einmal nach Scharus. Ich habe ihn zu überanstrengt. Er hat doch Mühe, über Berge steigen."

„Nimm die Medizin für ihn mit." Wudon reichte Rowan einen Sack und die Decke. „Es ist kalt im Stall, ihr braucht sie. Die Göttin sei mit euch!"

„Vielen Dank." Rowan umarmte den alten Mann. „Kommt mit, oder haltet euch wenigstens von den Ränken der Königsfamilie fern.

Wudon lächelte schmerzhaft. „Ich kenne meine Bestimmung, niemand kann ihr entkommen."

Dann schob er Rowan aus der Kammer hinaus. Leise huschte Rowan über den Hof. Vor den Stallungen rief ihn ein leiser Pfiff. Er ging in die Richtung, aus der er gekommen war. Der Koch Nilan erwartete ihn bereits.

„Wir müssen die Pferde holen", wisperte Rowan.

Er huschte in den Stall. Alles war ruhig. Scharus kam ihm sofort entgegen. Rowan sattelte den Wallach.

Anschließend suchte er Ottgars Sachen zusammen. Ottgar hatte zwei Pferde, die er jetzt fertig machte. Hoffentlich war sein Freund nach der Gefangennahme entschlossen, mit ihm mitzukommen. Vorsichtshalber umwickelte er die Hufe mit Stoff, damit sie im Hof nicht so laut klapperten.

Er gab dem Koch die Pferde und hieß ihn sie zur hinteren Burgmauer führen. Er selbst eilte zur Tür, die in das Verlies führte. Der Schlüssel passte. Auf der Treppe entzündete er die Fackel, die in einer Halterung steckte, und lief die Stufen hinunter.

Vor der Tür, hinter der Ottgar eingesperrt war, legte er die Fackel auf den Boden. „Ottgar ich bin's, verpass mir nicht gleich eine." Zum Glück schloss der Schlüssel auch hier. Er öffnete die Tür.

Ottgar stand in der hintersten Ecke. „Beeil dich", forderte Rowan ihn auf. „Bald wird es hell und wir kommen nicht mehr unbemerkt aus der Burg hinaus."

Aber er musste Ottgar schütteln, bis der sich besann.

Doch statt erfreut die Gelegenheit zur Flucht zu ergreifen, streifte Ottgar Rowans Hand ab. „Lass mich. Ich bin Hrodwals Knappe. Er wird mich schon befreien, wenn er mich vermisst. Ich laufe nicht davon."

„Es war dein geliebter Prinz Hrodwal zusammen mit Prinz Ranin, die dich festgesetzt haben. Sie wollen dich als Geisel gefangen halten", stieß Rowan verärgert hervor.

„Warum sollte Hrodwal das tun?"

„Er will König Kustin stürzen", erklärte Rowan gereizt. Er packte Ottgar fest am Arm und zog ihn aus der Ecke.

„Deshalb willst du also fliehen, du Feigling!" Ottgar schubste Rowan, der gegen die Wand prallte.

„Gilt dir unsere Freundschaft überhaupt nichts mehr?", knurrte Rowan und rieb sich seine schmerzende Schulter. „Am liebsten würde ich dich in den ostianischen Verliesen verrotten lassen. Leider habe ich meinem Großvater versprochen, auf dich aufzupassen." Rowan griff erneut nach Ottgars Arm.

„Warum sollte Hrodwal mich als Geisel benötigen?" Ottgar schüttelte verständnislos den Kopf. Er stand stur wie ein Esel da und wehrte sich gegen Rowans Versuche, ihn mitzuziehen.

„Vielleicht um deinen Vater gegen das Ostreich aufzubringen? Damit er König Kustin nicht unterstützt, wenn die Prinzen den König stürzen? Und jetzt komm, sonst wird es hell und wir haben die Gelegenheit verpasst."

Ottgar überlegte noch immer.

„Deine Mutter ist krank, wir müssen zurück", erklärte

Rowan sanfter, etwas Besseres fiel ihm nicht so schnell nicht ein.

Es wirkte. Wenigstens folgte Ottgar Rowan durch die Gänge zur Treppe.

„Einige am Hof ahnen, dass es Probleme geben wird. Sie haben mich gewarnt. Ich glaube, sie sind froh, wenn wir weg sind", erklärte Rowan.

„Und wie kommen wir hier raus, ohne dass sie uns entdecken?"

„Vertraue mir, ich hab schon alles vorbereitet", meinte Rowan. Inzwischen waren sie am Ausgang angelangt. Er löschte die Fackel und steckte sie in die Halterung. Als sie im Freien waren, schloss er die Tür zu, nahm Ottgar an die Hand und zog ihn zur Mauer, wo Nilan ungeduldig mit den Pferden wartete.

„Ihr habt lange gebraucht. Bald wachen die Burgbewohner auf", flüsterte er, bevor er sich durch ein Rosengestrüpp zwängte. Dahinter führten ein paar Stufen hinab, an deren Ende sich eine Pforte befand.

Rowan reichte dem Koch den zweiten Schlüssel und sah zu, wie dieser die Tür öffnete.

„Kommt", rief Nilan und ging voran. Rowan folgte ihm und wies Ottgar an, auf ihn zu warten. Scharus ließ sich problemlos die Treppe hinab- und durch die Pforte führen. Auf der anderen Seite lagen große Steine vor der Tür, die die Flüchtenden verdeckten. Rowan ließ den Wallach stehen und lief wieder zurück, um Ottgar mit den Pferden zu helfen. Der junge Hengst weigerte sich, die Stufen zum Zugang hinunterzugehen. Also lief Ottgar mit dem Wallach hindurch und Rowan beruhigte den Hengst zunächst. Er legte die Hand auf seine

186

Nüstern und versuchte, trotz seiner Aufregung selbst ruhig zu werden und dem Tier klarzumachen, dass sich seine Herde hinter dem Hindernis befindet. Dann schritt er mit langem Zügel voran und jetzt folgte ihm der Hengst. Draußen führte er ihn durch die Steine, während der Koch den Schlüssel unter der letzten Stufe versteckte.

„Woher kennst du das Versteck?", fragte Rowan beunruhigt. Er überlegte, ob er mit einem Hinterhalt rechnen musste. Für seinen Geschmack wussten zu viele von ihrem Vorhaben.

„Talins Magd hat es mir verraten. Sie wird ihn bald holen und die Pforte abschließen", erklärte Nilan. Sie führten die Pferde ein Stück, bis sie außerhalb der Hörweite der Burg waren, dann stieg der Koch auf Scharus auf, Ottgar auf seinen Wallach und Rowan übernahm auf dem jungen Hengst die Führung.

„Reiten wir denselben Weg wie auf der Hinreise?", fragte Ottgar, als sie die Burg hinter sich gelassen hatten. Sie ritten vorsichtig auf einen schmalen Pfad durch den dichten Wald hindurch.

„Nein, da warten die Trolle auf uns. Außerdem wird Prinz Hrodwal dich auf diesem Weg verfolgen lassen." Rowan schaute sich erneut nach auffälligen Zeichen, wie aufgescheuchte Tiere, um, doch er entdeckte nichts.

Scharus war von der vorherigen Reise so erschöpft, dass sie, dazu im Dunkeln, nur langsam vorankamen.

„Dann hätten wir ja auch mit dem Gefolge aufbrechen können", maulte Ottgar. Anscheinend hatte er die Gefahr, die von Hrodwal ausging, längst vergessen oder er glaubte Rowan noch immer nicht.

„Dass Scharus sich noch nicht von dem Gewaltritt erholt hat, dafür kann ich nichts. Ich habe leider kein frischeres Pferd. Außerdem brauchen wir seine übersinnlichen Fähigkeiten, um heil hier herauszukommen", erwiderte Rowan.

Sie kamen rascher voran, nachdem Nilan hinter Ottgar aufgesessen war, sodass Scharus reiterlos erheblich schneller vorwärtskam.

Rowan staunte über Nilan, der so gut durchhielt.

„Ich habe eine Weile bei Fürst Xandril als Knecht gearbeitet, der züchtet Pferde. Zuerst habe ich im Stall geholfen, bis ich dann, weil ein Küchenknecht sich verletzt hatte, in der Küche aushelfen musste. Da ich mich dabei geschickt anstellte, wurde ich sogar Koch."

Einer plötzlichen Eingebung nachgebend, machten sie den Umweg über die Köhlerhütte. Ein Fuchs, der ihnen über den Weg lief, wies ihnen den Weg, als Rowan ihn um Hilfe bat.

Tatsächlich hatte Talin dort zwei Reittiere untergestellt.

Rowan und der Koch tauschten die Tiere und nahmen die anderen am Führzügel.

Zum Dank für die Hilfe und dem Versprechen der Verschwiegenheit schenkte er dem Köhler Kräuter für die Ehefrau, die sich sehnsüchtig ein Kind wünschte und schon verschiedenste Heilmittel versucht hatte. Selbst auf Wallfahrten war sie bereits gewesen.

Anschließend legten sie die nächste Etappe schnell zurück. Der Köhler hatte sie vor dem Weg, der direkt am Berg vorbeiführte, gewarnt. „Die Trolle werden immer mutiger und dringen weiter vor. Wer weiß, wie lange wir hier noch bleiben können. Wenn Ihr Euch südwestlich haltet, geht Ihr ihnen aus dem Weg."

„Östlich leben die Trolle und überfallen die Ritter und nord-westlich leben auch welche, bald wird König Kustin nicht mehr zur Jagd gehen können", meinte Ottgar, als sie weiterritten.

„Prinz Hrodwal und Herzog Siranin schließen Verträge mit ihnen und ermutigen sie dadurch, in das Gebiet der Menschen vorzudringen und sie anzugreifen", erklärte Rowan.

„Warum? Die Trolle sind für jeden eine Gefahr", stieß Ottgar heftig hervor.

„Klar, aber die beiden sehen sie als Verbündete gegen den König an und hoffen, sich ihrer später entledigen zu können."

„Meinst du, die Trolle und Zwerge werden sie so einfach wieder los?", fragte Ottgar zweifelnd.

„Ich befürchte nein. Die Trolle sind zu stark und haben die Bergwerke wohl wieder unter ihre Kontrolle gebracht. Damit fehlen dem Ostreich die Einnahmen", erwiderte Rowan.

„Handel mit Erzen und Waffen", murmelte Ottgar. „Dann bricht unser wichtigster Verbündeter weg."

„Hoffen wir, dass der Bruderkampf nicht zu viele Opfer kostet." Die Bedrohung lag Rowan schwer auf der Brust. Er spürte Tod und Verderben.

„Glaubst du wirklich an einen Aufstand? Die Prinzen schätzen den König doch."

Rowan lachte nur laut.

„Sollten wir lieber zurückkehren und helfen?", fragte Ottgar beklommen.

„Wir werden auf Wanroe erwartet", gab Rowan zu bedenken und Ottgar schwieg die restliche Nacht. Bald verblassten die Sterne, dafür ging die Sonne auf.

Sie ritten mit kurzen Unterbrechungen den ganzen Vormittag.

Die Sonne hatte schon längst den Zenit überschritten, als dunkler Rauch über den Bäumen sichtbar wurde.

„Was ist das?", fragte Ottgar beklommen.

„Das Dorf an der Mündung des Bachs." Rowan spürte die Angst und Schmerzen der Bewohner. „Der Kampf ist also auch schon hier entbrannt und nicht nur in den entlegenen Provinzen." Bald darauf machten sie eine etwas längere Rast, um den Pferden eine Pause zu gönnen.

Gegen Abend fanden sie eine alte verlassene Holzfällerhütte, in der sie Unterschlupf fanden. Die Tiere pflockten sie mit einer langen Leine an, damit sie weiden konnten. Rowan und Ottgar legten sich sofort schlafen und Nilan hielt Wache. Nach einigen Stunden löste Ottgar ihn ab. Später weckte er Rowan und schlief noch ein paar Stunden. Früh morgens, noch bevor die Sonne aufging, brachen sie auf.

Am späten Vormittag näherten sie sich einem Fluss und suchten eine Stelle zum Überqueren. Scharus wurde unruhig. Besorgt beobachtete Rowan ihn.

„Wir können die Furt nicht benutzen. Da lauert eine Gefahr", warnte er.

„Wie kommen wir sonst über den Fluss?", fragte der Koch.

Rowan zuckte die Achseln. „Kennst du dich hier aus?"

„Nein, erst weiter nördlich."

Sie hielten und Rowan kletterte auf eine ostianische Fichte, um einen besseren Überblick zu bekommen. Sie befanden sich in einem breiten Tal, das auf beiden Seiten von bewaldetem Gebirge begrenzt war. Rowan fühlte, dass in ihnen Trolle lebten. Von dem hohen Wipfel, der die anderen Bäume überragte, konnte er den Fluss sehen. Es schien keine weiteren Furten zu geben.

Nachdenklich stieg er wieder hinunter.

„Und?", fragte Ottgar gespannt.

Rowan schüttelte den Kopf. „Ich werde nach einem Weg suchen", erklärte er und entfernte sich von seinen Begleitern. An einer großen alten Felseneiche blieb er stehen. Er setzte sich im Schneidersitz auf einen Baumstamm und sammelte sich. Nachdem er innerlich zur Ruhe gekommen war, suchte er den Kontakt zu dem Baumgeist.

„Ehrwürdiger Eichengeist, kannst du uns helfen?", bat er.

„Warum?", knurrte der Greis. Dabei erschien ein runzeliges Gesicht am Stamm.

„Weil wir in Not sind. Wir konnten den kürzesten Weg ins Magierreich nicht nehmen, da die Trolle dort ihr Unwesen treiben. Jetzt lauert an der Furt eine unbekannte Gefahr. Wie können wir das andere Ufer sicher erreichen?"

Der Eichengeist schwieg, doch da meldete sich eine helle Stimme. Der junge Baumgeist der Esche neben der Eiche.

„Bunduars Enkel müssen wir beistehen. Und die Trolle sind eine Bedrohung, auch für uns."

„Wer hat dich gefragt", polterte der Alte.

„Aber es stimmt doch", widersprach der jugendliche Eschengeist.

Rowan war belustigt. Leider hatte er keine Zeit für solch ein Kräftemessen der Geister. Allerdings verstehen Baumgeister die Eile der Menschen nicht, daher geduldete er sich.

„Er kann die Fähre nehmen", schlug der Eschengeist vor.

„Welche Fähre?", fragte Rowan sofort.

„Der Kahn, der weiter oben den Fluss überquert. Ihr lauft einen Tag, bis ihr ihn erreicht."

„Herzlichen Dank! Kann ich euch einen Gefallen tun?", erkundigte sich Rowan.

„Könnt ihr uns vor den Trollen schützen?"

Rowan überlegte. „Ich selbst nicht, doch ich kann den Flussgeist bitten, euch zu unterstützen."

„Bloß nicht, das Wasser ist eine viel größere Gefahr", warnte der Alte.

„Hm, dann weiß ich keinen besseren Rat." Trotzdem wagte er eine zusätzliche Frage: „Wer wartet an der Furt auf uns?"

Die beiden Bäume wussten es nicht, aber da mischte sich ein Specht in die Unterhaltung ein: „Das sind Menschen, Ritter vom Königshof."

Rowan bedankte sich und erhob sich, um mit seinen Begleitern zur Fähre aufzubrechen. Dazu mussten sie an der Furt vorbeireiten.

Vorsichtig näherten sie sich. In Sichtweite kletterten Rowan und Ottgar auf einen Felsen, von dem aus sie sechs Ritter von Prinz Hrodwal am diesseitigen Ufer erkannten.

„Warum lässt er mich verfolgen?", flüsterte Ottgar entsetzt.

„Der Verräter hat die Hoffnung, dich als Geisel zu nehmen, noch nicht aufgegeben", erwiderte Rowan.

„Ich wollte dir nicht glauben. Er war immer so freundlich zu mir gewesen. Und ich habe ihm Treue geschworen."

„Er ist zuerst wortbrüchig geworden, indem er dich gefangen nahm." Tröstend schlug Rowan seinem Freund auf die Schulter, bevor er sich umwandte und hinabstieg.

Durch die Berge konnten sie nicht weit genug ausweichen, sondern mussten, dichter als es ihnen lieb war, an den Männern vorbeischleichen. So leise wie möglich führten sie die Pferde durch den Wald, bis sie die Gefahr hinter sich gelassen hatten. Danach saßen sie auf und erreichten nach einem scharfen Ritt die Fähre.

Der Fährmann weilte am anderen Ufer und sie mussten ihn mit einem „Hol über" zu sich rufen.

Als der Fährmann vor ihnen stand, musterte er sie prüfend. „Gestern haben mehrere Ritter von König Kustin nach Euch gefragt. Sie meinten, Ihr wärt geflohene Mörder."

„Warum warnst du uns?", fragte Rowan.

„Ihr jungen Burschen seht nicht wie Verbrecher aus. Außerdem seid Ihr keine Herumtreiber, dafür seid Ihr viel zu vornehm gekleidet."

Rowan fragte: „Setzt du uns nun über oder übergibst du uns trotzdem den Häschern? Sie wurden übrigens nicht vom König geschickt, sondern von seinen Gegnern."

Der Fährmann erklärte bedächtig: „Ich habe gehört,

dass es am Hof Streitereien gibt. Ich musste schon zwei adlige Familien übersetzen, die sich im Magierreich in Sicherheit bringen wollten."

„Kamen die von der Greifenburg?", erkundigte sich Rowan. Der Mann nickte.

„Können Deine Söhne oder Knechte unsere Pferde zur Burg zurückbringen? Wir haben sie nur geliehen."

Der Fährmann machte ein abweisendes Gesicht. „Ich setzte meine Kinder nicht dieser Gefahr aus."

Rowan überlegte. „Sie sollten die Pferde nahe der Königsburg laufen lassen, sie finden schon selbst zu ihrem Stall zurück."

Damit erklärte sich der Fährmann einverstanden.

Erleichtert verließen sie am gegenüberliegenden Ufer die Fähre. Ottgar zückte seine Börse und belohnte den hilfsbereiten Mann, der auch einen ehrlichen Eindruck machte, für seine Dienste.

„Wir müssen die Landstraße schnellstens verlassen", meinte er, nachdem der Fährmann abgelegt hatte. Sie standen im Schutz der Büsche am Uferstreifen und sahen in der Ferne Reiter herangaloppieren.

„Sie kommen, wir müssen weg!", drängte Ottgar nun.

Rowan nickte und schlug vor, die Straße bis zum Fuß des dunklen Gebirges zu reiten. „Ich bitte zunächst um Hilfe, reitet schon voran", bat er, um in Ruhe mit dem Flussgeist zu sprechen.

Während die beiden Kameraden sich entfernten, setzte sich Rowan ans Flussufer auf einen Stein und versenkte sich. In Gedanken suchte er den Flussgeist auf.

„Was will Bunduars Enkel von mir?" Auf der Wasseroberfläche erschien ein bärtiges Männergesicht.

„Kannst du mir helfen und außerdem den Fährmann beschützen, mächtiger Flussgeist?", bat Rowan. „Er hat uns gerettet und gerät nun selbst in Lebensgefahr, weil er doch unsere Pferde bei sich stehen hat."

„Und was soll ich deiner Meinung nach tun?", fragte der Flussgeist. Er klang ablehnend. Immerhin hörte er Rowan zu.

„Kannst du den Uferweg eine Weile überschwemmen, dass der Fährmann Zeit hat, die Pferde wegzubringen?"

„Das ist ein sehr großer Wunsch, nur Bunduar zuliebe werde ich versuchen, ihn zu erfüllen", erklärte der Flussgeist und verschwand sogleich.

Rowan summte ein Dankeslied, dann griff er in den Beutel und warf die letzte Brotkante ins Wasser. Er gewahrte, wie die Wassermenge abnahm, aus dem breiten Fluss, wurde ein schmales Rinnsal. Kurz bevor die Ritter die Fährstation erreichten, stürzte eine Riesenwelle unter lautem Getöse das Flussbett entlang, überschwemmte an einer Engstelle in der Nähe der Fähre das Ufer und riss zwei Reiter mit. Die übrigen vier Krieger retteten sich auf einen höher gelegenen Felsen, doch ihre Pferde kämpften in den Fluten um ihr Überleben.

Schweren Herzens beobachtete Rowan das Schauspiel. Warum brachten Menschen sich gegenseitig um? Gab es keine Möglichkeit, Verräter und Verbrecher zur Vernunft zu bringen? Musste Gewalt wirklich mit Gewalt bekämpft werden?

Bedrückt eilte er zu Scharus, saß auf und trabte den Kameraden hinterher. Er holte sie vor dem Gebirge ein, wo sie auf einer kleinen Lichtung rasteten, und führte sie über schmale Wege, auf denen sie nur langsam vorankamen, weiter nach Westen.

„So werden uns die Verfolger überholen", warnte Ottgar.

„Ich denke, dass die Männer von der Furt uns nicht mehr folgen werden. Die Überlebenden haben genug. Falls Prinz Hrodwal trotzdem nicht aufgibt, wird es schwierig für den neuen Suchtrupp, unsere Spuren zu finden. Überdies ändern wir bald die Richtung und werden nach Norden reiten." Rowan sprach magianisch, damit ihr Gefährte sie nicht verstand. Wurde ihr Kamerad doch noch von Häschern erwischt, konnte er sie nicht verraten.

„Dann erreichen wir Wanroe nie."

„Du solltest doch im Bergland bei Fürst Hanil dienen und ich im Sumpfland bei Magier Zwandir lernen", erinnerte ihn Rowan.

„Ich muss zu meiner kranken Mutter. Vielleicht wird sie gesund, wenn ich wieder daheim bin. Außerdem möchte ich meinem Vater zur Seite stehen."

„Der wird dich schon rufen, wenn er dich braucht. Das Bergland scheint mir sicher zu sein", erklärte Rowan.

„Du hast selbst gesagt, dass wir nach Wanroe müssen, weil Bunduar uns gerufen hat!", widersprach Ottgar. „Dazu müssen wir einen gefahrloseren Weg finden." Rowan schwieg dazu. Er wollte in der Nähe von Hrodwals Einflussbereich keinen Streit mit Ottgar haben. Sein Freund war ihm zu unüberlegt. Er traute ihm zu, sich sofort von ihm zu trennen und auf eigene Faust, ohne Rücksicht auf etwaige Gefahren, nach Wanroe zu reiten. Zudem wollte er Nilan möglichst wenig Informationen geben. Der Koch war zwar treu und zuverlässig gewesen, doch unter Folter verrieten selbst die tapfersten Männer ihre Freunde.

Nach einem Tag änderte Rowan die Route und führte sie nach Norden. Solange der große Fluss zwischen ihnen und dem Ostreich lag, befanden sie sich in den entfernten Provinzen des Magierreichs. Weiter im Norden bog der Fluss nach Westen ab und bildete die Grenze zu Llyllia und später Cajan. Nach zwei weiteren Tagen trennte sich der Koch von ihnen. Er war nur noch wenige Tagereisen von der Burg des Grafen Zinah entfernt. Rowan gab ihm Fleisch eines erlegten Rehs als Proviant mit und sie wünschten ihm alles Gute. Er war ihnen eine große Hilfe gewesen und sie waren dankbar dafür.

Ein paar Stunden, nachdem Nilan die Gruppe verlassen hatte, wechselte Rowan erneut die Richtung.

„Wir reiten jetzt nicht mehr nach Norden", stellte Ottgar verwundert fest.

„Ja, ich wollte nur dichter an Zinahs Burg herankommen, damit Nilan sie einfacher erreichen kann. Er muss nur noch der Landstraße folgen und wird sich dabei nicht verirren. Doch darf er unsere Reiseroute nicht kennen, falls er befragt wird."

„Er wird uns nicht verraten. Er ist ehrlich und hat uns aufrecht gedient."

Rowan machte ein ernstes Gesicht. „Es gibt Umstände, in denen fast jeder zum Verräter wird."

„Du meinst, er wird gefoltert werden?"

„Wahrscheinlich nicht, aber wenn Prinz Hrodwal ihn erwischt ..." Er hoffte, dass ein einfacher Koch zu unbedeutend wäre und die Ritter ihn längst vergessen hätten. Allerdings hatten ihn die Berichte von den Verfolgungen unter König Manrax misstrauisch gemacht. Aber Graf Zinah war dem König treu ergeben und würde hoffentlich seine Leute zu schützen wissen.

Zwei Tage später erreichten sie endlich die Ländereien von Herzog Sulwan im Norden des Magierreichs. Hierher würden sich Hrodwals Männer nicht trauen.

Zum ersten Mal seit seinem Aufbruch von Sidawas Hütte fühlte Rowan sich sicher. Er dankte am Abend der Göttin Jaguar für ihre Unterstützung. Opferte heiliges Öl, indem er es in das Feuer goss. Hellrot verbrannte es, der weiße Rauch stieg steil zum Himmel und hinterließ wohlriechenden Rosenduft. Ein gutes Zeichen. Die Göttin war ihnen wohlgesonnen und würde sie weiterhin behüten.

######

Begriffserklärung

Bergfried - Wehrturm einer Burg

Drehender Roland - Der „Drehende Roland" ist eine bewegliche Puppe, mit der die Ritter trainierten. Die Ritter galoppierten mit einer gestreckten Lanze auf sie zu und versuchten, die Puppe am Körper zu treffen. Trafen sie sie nicht in der Mitte, drehte die Puppe sich und schlug mit den an ihrem Körper befestigten Lederbändern schmerzhaft zu.

Fuchsloch - kleiner Notausgang auf einer Burg

Gäste - In den Ritterburgen befanden sich ständig Gäste, Reisende, Gesandte, fremde Ritter, Sänger und Spielleute.

Jagd - nur Adlige durften auf die Jagd gehen und Wild erlegen.

Kätner oder Häusler - Kleinstbauer, der in einer einfachen Hütte wohnte. Er benötigte einen Nebenerwerb, da sein Land nicht ausreichte, um ihn zu ernähren.

Kemenate - beheizbarer Wohnraum, häufig Frauenraum in einer Burg

Knappen - mit vierzehn Jahren wurden aus den Pagen Knappen, die sich dann um die Waffen und Pferde ihres Ritters zu kümmern hatten. Sie halfen beim Anlegen der Rüstung und kämpften in Schlachten an der Seite ihres Ritters.

Köhler - stellt Holzkohle her, indem er Holz in einem Meiler verkohlt.

Pagen - adlige Kinder, die mit sieben Jahren zur

Ritterausbildung an einen Fürstenhof geschickt wurden. Sie bedienten bei Tisch und halfen ihren Herrn beim Ankleiden, dabei eigneten sie sich die höfischen Sitten an, zudem lernten sie Reiten, Tanzen, Bogenschießen, Schwimmen, Singen und Kämpfen, manchmal auch Lesen und Schreiben.

Prior - Vorsteher eines Klosters

Refektorium - Speisesaal in einem Kloster

Vorburg - Die Vorburg war mit einer eigenen Mauer umgeben sowie durch einen Graben von der Hauptburg getrennt und diente als zusätzlicher Schutz. Hier gab es genug freien Platz zum Kämpfen, für Viehställe, Scheunen und Gärten, in denen Gemüse angebaut wurde. Tagsüber war das Tor der Vorburg nicht bewacht.